古来征战地

——探访中国十大古战场

立山 著

商务印书馆
2010年 · 北京

涵芬楼文化 出品

目录

序

水和蜜之后，是灌顶的醍醐

我的前辈们，我的朋友们，大都喜欢在他们所写的文章后面缀上写作日期。某年某月某日,仿佛证明这一天他们没有虚度。于是，他们出版的书，就成了一本个人的编年史，可爱地记录着他们的行迹。这是一种不朽的渴望。他们记录下来的，呈现在世人和历史的眼前，于是，这些日子不朽了，这些他们埋头写作的日子，变成了他们身后按图索骥的历史痕迹。他们多么想让身后的人们记住他们啊！记住他们曾经在这个世界上发言，而且变成了活字印刷。如果是竹简时代，他们肯定要比别人刻得更深。

我不喜欢他们的方式。我不喜欢他们不朽的潜意识。我不喜欢他们标榜春秋，好像那些日子真的有多么珍贵似的。所以，我非但不给自己的文章标注日期，而且从来不给自己的书写序写后记。有几本书也有序，那都是出版商的杰作，即使有的署上了我的名字，也不是我写的。那只是挂我的羊头卖他的狗肉。我渴望的是速朽，就像我根本不爱自己写下的文字。

连自己的书都不写序，可想而知这篇序一定有着隐秘的原因。

是为谵语。

作为比我小上整整十岁的兄弟，我有时琢磨过立山的人生轨迹和精神脉络。远溯回上世纪中后期，我在中原某大学混口饭吃，立山是这所大学经济管理系的学生，我看过他写的一些诗，就此结识。虽然他第一次见我隐瞒了学生会干部的身份，而我对这样的身份深恶痛绝，但友谊还是延续了下来。那些痛饮狂歌的日子！那些年少张狂的日子！那些无所事事的日子！其中当然也交织着成见和误解。比如当他曾严厉地向一个女生指控我是个坏蛋，警告她不要跟我交往——今天他已经不愿意承认这个事实了，由此可知历史是多么容易被篡改，其势恰如中国历史上无数被篡改的正史或野史。

我那时的名声真臭啊！

“君子之交淡如水”，中国人都知道这句话，但是后面还紧跟着一句“小人之交甘若醴”。庄子曰：“君子淡以亲，小人甘以绝。”我岂敢自称“君子”！不过我跟立山并没有就此亲密起来，而是疏疏淡淡，远远近近地只是有着一些不痛不痒的联系而已。这样的情况将近十年之久，直到他进入《文明》杂志社工作，开始向我约稿，共同的事情才使我们渐渐多有来往。友谊是要靠共同的事情来维系的，当然更要靠基本价值观的认同来维系。这就是我所说的“我有时琢磨过立山的人生轨迹和精神脉络”。

他的大学时代，我曾经在校报上发表过一个整版他的诗，前言中我没有评论这些可爱的诗篇，而是引用了鲁迅先生的一句话：“青年多不可信。”这不是训诫，而是共勉，因为我也从“青年”走过来，理想和背叛，坚持和舍弃，歧途总是那么美丽，诱人走上去，偕人分裂开。是啊，再紧密的人群都会散开，再致密的友谊都会瓦解，这才是人和人之间关系的铁律。

所幸我和他的友谊继续。我常常自称“自由作家”或者“冒牌作家”，如今我眼看他一步步也走上了这条危险的窄道。这是他的第一本书，他说：“说实话，第一本书，除了你，不想让其他人写。”这种口头说说就能感动人的话的确感动了我，再加上他又用一个移动硬盘收买了我，其势不能不写。哈哈！

是为絮语。

《古来征战地》，这当然是一本关于古代历史和古代战争的书，就其中的一些篇目，我也部分地参与了和立山的讨论。所以，我对其中的观点和文风是熟悉的。

很久之前我就考虑过“知识”和“见识”的问题。我认为“知识”是水，人渴了就要喝水，除非极端情况，只要你愿意就能喝到水。我的意思是想说：只要你愿意，总会学习到“知识”，“知识”人人都可以掌握，即使现在没有掌握，从理论上来说只要学习就可以掌握，所谓“活到老学到老”，端赖于人的意愿和毅力。但“知识”怎样和诸如阅历等等相结合转化成“见识”即“真知灼见”，却不是每个人都能完成的过程。“见识”就是我所谓的“蜜”。它不仅需要“知识”的储备，更重要的是需要机缘，或者我喜欢说的“人生的转折点”，由此而形成洞察力，方才能够品尝到“真知灼见”的“蜜”。后者就跟时代相关了，巨大的事变，大时代的遭遇，人有幸才能遭逢。因此，具备充足“知识”的博士们多如过江之鲫，可是具备“真知灼见”的人却如凤毛麟角。

对历史的态度亦如此。只要读过一些史书的人，非常容易就能具备关于中国古代历史的基本常识和走向，但怎样洞察历史，进而形成关于历史的真知灼见，即我所谓的“史识”，却并非一件容易的事。立山采用的方式是“走读”，其实应该叫“读走”，读完相关资料之后，开始踏上真正的旅途，走向中国的田野，走向历史的遗迹，用历史的知识参证历史的遗迹，用历史的遗迹丰富历史的知识，将“知识”化为有血有肉的亲身经历。

我们曾经一起寻访过楚汉相争的鸿沟。在河南荥阳的深山之中，在盘旋难觅的旅途之中，当鸿沟的阔大风景蓦然现身，出现在眼前的那一刻，胸襟为之一畅。历史真的到了眼前！这就是历史的魅力。当人在历史遗留的现场，重新体味此前获得的知识，那种学习的乐趣是活生生的。以后的事情就是用笔记录下这一刻的感悟，思索新知给予我们的震撼了。

即使是对十场重大战役的过程描述，也考验着立山的思路和叙事能力。这一点他做得很好。前因后果，人物铺排，实际演进，一场场战役如同绚丽的画卷一样依次展开。老谋深算的诡计谋略，惊心动魄的交战现场，都交待得脉络清晰。其中尤为可贵的是对战役中人物心理的揣摩和刻画，比如垓下之战中对项羽“多重人格症”的分析，归结于保持尊严的“贵族气质”，是很有说服力的结论。比如对长平之战中坑杀40万降卒的疑点分析，两军主帅白起和赵括的心理和战场表现，都有将心比心的换位思考，保证了其中“史见”的说服力。

但我更想说的是：水和蜜之后，是灌顶的醍醐。李时珍《本草纲目》：“作酪时，上一重凝者为酥，酥上如油者为醍醐。”醍醐是最上等的乳制品，李时珍称其为“仙家酒”。这才是比水和蜜更高的境界。《维摩诘经讲经文》：“闻名之如露入心，共语似醍醐灌顶。”这才是知识和见识的终点。

战争的最终结局无外乎是两个：生或者死。历史如逝水，小人物的命运统统淘洗净尽，只能从历史记载下来的显赫人物身上来探讨这一世界性的千古难题。西汉战败降匈奴的李陵是最极端的代表，他身上深刻地映现着降和死的冲突。后世亦不例外。立山写到的襄樊之战中的吕文焕同样被推上了这一极端的境地。我没有研究过襄樊之战，多有隔膜，但我总觉得在历史的盖棺论定之外，在官修史书给出的生前事身后名的描述之外，还应该有更深刻的分析。我更熟悉的例证是立山写到的最后一场大战——宁远之战后的袁崇焕。袁崇焕之死素来争议巨大，但是在对历史的疑点反复究诘质问之后，在铁打的历史正义面前，应该做出自己斩钉截铁的评价，而不是满足于“上将由来无善死”的无谓感喟。

我们为什么研究历史？在考据的学术趣味之外，究竟有没有历史的其他面目？我认为是有的，还是克罗齐那句著名的老话：“一切历史都是当代史。”历史必须呈现于现实之中，历史必须对现实发生作用。

这篇序太长了，就此打住。文尽而意不尽，就用最后这句克罗齐的话与立山共勉吧。

是为浪语。

许晓

壹

涿鹿之战

史前英雄传

河北涿鹿县矾山镇，蚩尤寨

关于遥远的史前时代，我们能知道些什么？

迷恋地中海的法国历史学家费尔南·布罗代尔说：“不要认为史前史不是历史。”是的，在有文字以前，大地上早已有无数人走过。他们生老病死，男欢女爱，演出悲欣交集的诸般故事。有卑微的小人物，也有呼风唤雨的大英雄。

在中国，我们最熟知的史前英雄，是黄帝。

在中国第一部“正史”《史记》的第一篇《五帝本纪》中，司马迁记述的第一个人就是黄帝，并且着重提到了他参与的一场大战——涿鹿之战。那是一场迷雾缭绕、旷日持久的战争，黄帝战胜蚩尤，然后取代日薄西山的神农氏成为天下共主，开启黄帝王朝。

关于这个王朝的年代，历来只说其距今约5000年或者4600年左右。当然，也有人冒险给出了一个异常确切的起讫年代，即公元前2698～前2598年。

上下五千年，就是从那时开始的。从这个意义上来说，黄帝堪称中国历史上开天辟地的第一人。

英雄需问出处

自从人类走出蒙昧迈向文明，战争也就尾随而至。

在那段被历史学家称作“传说时代”的遥远岁月，当中国大地被部落战争裹挟的时候，世界其他主要文明区域的人们也在干着类似的事情：

公元前3100年，埃及统一，旧王国第四王朝开始，诸王大肆兴建陵墓，进入“金字塔时代”；

公元前3000年左右，美索不达米亚文明的苏美尔地区陷入混战，各个城市国家为争霸杀伐不休，结果被来自北方的印欧人和南方的闪米特人趁虚而入；

公元前2872年，闪族人灭苏美尔帝国；

公元前2500年左右，埃及旧王国灭亡，此时印欧民族也从里海北岸四散谋生，一部分向东到达波斯、印度，成为雅利安人，一部分则反向而行到达南欧，成为希腊人……

事实上，在黄帝王朝诞生前的几百年间，无论美索不达米亚文明、埃及文明、克里特岛上的米诺斯文明还是印度河流域的文明，都已取得了令人惊讶的成就，有些地方甚至已经出现文字和铜器。

对应于中国，黄帝之前那些漫漶不清的岁月，只能被划入“神话时代”的范畴。其间活跃的“人物”，几乎每一个中国人都耳熟能详——盘古、有巢氏、燧人氏、伏羲氏、女娲氏、神农氏……在中国古代的一些画像上，他们大多拥有一副怪物的模样。

我们伟大的英雄黄帝，就出现在神农氏衰落之时。那是一个大时代。按照通常的看法，文明的曙光也于此时降临在黄河流域的大舞台上。

司马迁说，黄帝是少典之子，姓公孙，名叫轩辕。少典很可能不是一个人名，而是一个诸侯国号。但不管怎样，公孙轩辕都属于名门之后，身上流淌着贵族的血液。

他降生的地方据说名叫寿丘，在今天山东曲阜一带。那里风水比较好，是出人才的地方。当然，也有人说他出生在别的什么地方，比如河南新郑、甘肃天水等等。

他的母亲名叫附宝，那个时代少有的留下名字的女人。

附宝孕育公孙轩辕的过程很有戏剧性，与男人无关，只和北斗星有关。那一天晚上，她在一个名叫“祁野”的地方，看见有巨大的电光环绕天枢，于是就怀孕了。天枢，即北斗第一星；那道电光，无法确定是怎么回事，但有人从中挖掘出了意义，比如钱穆先生说，它照亮了黯淡的古史，惊醒了中国文明。

只知其母，不知其父，这正是母系氏族社会的特点。

24个月之后，公孙轩辕诞生了。这个孩子长相奇特，不同凡人，史书上形容其“生日角龙颜，有景云之瑞”。根据古代星相家的说法，“日角”即额骨中央隆起，形状像太阳，这是典型的帝王之象；“龙颜”更不必说，自然是无比高贵的象征。

像许多传说时代的著名人物一样，公孙轩辕天赋异禀，最直接的证据，就是他出生不久就能开口说话。不久是多久？古代的学者们说，大概是公孙轩辕三四个月大的时候，或者更小。远远不到会说话的年龄，却口齿伶俐，若在今天，肯定会把父母吓到。

令人欣慰的是，这个颇具神异之象的孩子没有学坏。他诚恳、正直，而且还很勤奋，顺理成章地成长为一个知识丰富又明辨事理的非凡人物。

但这个完美的成长过程并非在故乡完成，公孙轩辕是在姬水之畔长大的。因地为姓，所以他从此开始姓姬。专家们考证说，姬水在今天陕西的渭河流域，再具体一点，大约是在武功县或者黄陵县。那一带正是后来姬姓周人的发祥地，他们在公元前12世纪建立了周朝。

长大之后，姬轩辕成为自己部落的领袖。他的工作，就是带领士兵和人民，应付不断的战争和四处迁徙。

最后，姬轩辕迁徙到了轩辕之丘，他的名字很可能就来源于此。当然，除此之外，他还被后人冠以各种名号，比如缙云氏、帝鸿氏、帝轩氏以及有熊氏等等。可以确定，这些名字都和他住过的地方有关。

轩辕之丘可能是他最后定居下来的地方，那时他已经成为黄帝，即天下所有部落的共主。

轩辕之丘据说在今河南新郑，黄河流域一个历史悠久的地方。当地人津津乐道于姬轩辕的故事，说者不同，版本不一。其实不止新郑，在以郑州为中心的黄河两岸，有许多地方都被认为与黄帝有过关系。在新乡市一条繁华的步行街上，我曾见到姬轩辕的巨大塑像，他威风凛凛，双目如电，左手握权杖，右手前伸，一副君临万方的模样。

这个形象显然是后人附会的，因为那样的衣着不可能出现在5000年前。事实上，如果不看说明，我还以为他是秦始皇。

倒是他旁边的那个人，似乎正符合当时的时代特征——他手里握着一

少典之孙，神明圣哲。土德承火，赤帝是灭。服牛乘马，衣裳是制。氏云名官，功冠五列。

——曹植：「黄帝赞」

把叉，脑袋上长着两只角，身上的衣服明显是兽皮缝合而成。

这个人就是炎帝。

炎黄或许是兄弟

在那个时代，炎帝是黄帝之外的另一位大英雄。

他的身世，在《国语·晋语》中记载得很完整：“昔少典氏娶于有蟜氏，生黄帝、炎帝。黄帝以姬水成，炎帝以姜水成。成而异德，故黄帝为姬，炎帝为姜。”

这段记载令炎黄子孙们十分兴奋，因为它说黄帝和炎帝是兄弟。关于这个说法，司马迁在《史记·五帝本纪》中只字未提，而且也没说炎帝姓甚名谁。但生活在魏晋之际的学者皇甫谧说，炎帝名叫姜榆罔，他的母亲任姒是有蟜氏的女儿，后来作了少典氏的妃子。

黄帝和炎帝虽然都是少典氏的子孙，同出一族，但应该不是亲兄弟。

和姬轩辕一样，姜榆罔的降生也闪烁着神圣的光芒。他的母亲任姒在游历华阳时，见到一位长着龙头的神仙，就莫名其妙怀了孕。古代华阳在遥远的四川、云南、贵州一带，不知道任姒为什么跑到那里去怀孕。

虽然任姒见到的是一个龙头神仙，但姜榆罔来到世间，却生就了一副

蚩尤寨怪树

人身牛头的模样。这个令人惊讶的外表被古人毫无障碍地接受下来，一直传承到今天。我在好几个地方见到的姜榆罔雕塑，基本都差不多，远远看去像《西游记》里的牛魔王。

姜榆罔的出生地，传说在厉乡厉山的一个石洞里，所以他也被称作厉山氏，或者烈山氏，读音相近，意思也差不多。厉乡在春秋时期为厉国所在，大约在今湖北省随县一带。

当然，姜榆罔也没有在故乡待多久，他后来到了姜水，并在那里长大成人。他的姓氏即来源于此。姜水也属于渭河流域，具体地点大约在今陕西省岐山县和扶风县的交界处。

也就是说，姬轩辕和姜榆罔初期的活动区域十分接近，也就几十公里的样子，无论生存环境还是生活习俗，相差都不大。如果说他们是同时搬到这里的，也不无可能。后来，他们在渭河流域逐渐发展壮大，为了寻求更多的利益和资源，就率领着各自的部族向外迁徙和扩张。

他们的基本路线是走向东方。

姜榆罔的部族最终到达了今山西、河南交界的太行山一带，那里地势较高，少有洪水侵袭，他们过起了相对稳定的农业生活。姬轩辕则从山西北部越过太行山，游牧到了河北北部，今天的张家口地区。

当时的中国大地上，最高统治者是神农氏。这不是一个确定的人物，而是一个超越部落概念、延续几百年甚至上千年的部落共主世家，类似东周时的周王室。

值得注意的是，历来有许多人说炎帝就是末代神农氏。这个说法广为流传，但并不可靠，这一点在《史记》中可以得到证明。在《史记·五帝本纪》中，司马迁先说“诸侯相侵伐，暴虐百姓，而神农氏弗能征”，后又说“炎帝欲侵陵诸侯”——如果炎帝就是神农氏，为什么前面说无力征讨，后面又说要“侵陵”？显然前后矛盾。而且，神农氏为天下共主，对诸侯用兵理应称作“征讨”，怎么能用“侵陵”？因此可以确定炎帝绝非神农氏。

就在姬轩辕逐渐发展壮大之时，曾经势力煊赫的神农氏却日趋衰微，各部落干戈不休，百姓惨遭祸殃。神农氏无力惩强扶弱，威望日减。于是姬轩辕抓住机会，兴兵讨伐那些不来朝贡的部落，用武力迫使其顺从神农氏的权威。这一点，颇类似于春秋时齐桓公姜小白实行的“尊王攘夷”策略。

或许，此时姬轩辕已经有心取代神农氏。但这条路显然十分艰难，因

鼎质文精，古之神器。黄帝是铸，以像太一。能轻能重，知凶识吉。世衰则隐，世和则出。
——曹植：「黄帝三鼎赞」

为他必须面对两个强大的对手。

第一个对手就是姜榆罔。姜榆罔也是个有野心的人，他早已看出神农氏日薄西山，所以不断派兵攻打其他部落，借此树立自己的权威。这也可以理解为向姬轩辕的示威和挑战。姜榆罔没有料到，自己的征服行为不仅没有换来服从和归顺，反而导致弱者们迅速聚集到姬轩辕的旗下，以寻求这位强者的庇护。

有着血脉联系的姬轩辕和姜榆罔，被双方不可调和的矛盾推向敌对的深渊，一场大战在所难免。

姬轩辕为这场大战做足了准备工作，比如整顿军旅，扩大队伍；研究四时节气，广植五谷。他还驯养了一批猛兽，即所谓“熊罴貔貅貙虎”，使它们听从自己的驱使。就这一点来说，姬轩辕堪称一位神奇的驯兽大师。

尤其需要注意的是，他还十分注重修行德业，为自己争取到了广泛的舆论支持。

终于，某年某月某日，姬轩辕和姜榆罔在阪泉之野展开了一场生死决战。这是《史记》所记载的最早的一场战役。可惜，这段记载非常简单，司马迁只用七个字就讲完了大战的全部过程：“三战，然后得其志。”意思是说，几场战斗之后，姜榆罔认输，归顺了姬轩辕。从此以后，他们消除敌意，成为并肩战斗的友好同盟。

但是，这场大战的发生地在哪儿呢？从古到今，对“阪泉”的争议有很多，但最主要的有两个：在山西南部，或者在河北张家口。这两个地点一南一北，都离太行山不太远，但认同哪个观点，却有本质不同。如果阪泉在山西南部，就说明是姬轩辕先发制人，打到了姜榆罔的家门口；如果阪泉在张家口，则说明是姜榆罔北上挑起了事端。

我觉得，阪泉应该在张家口。

蚩尤攻涿鹿

姬轩辕的第二个对手，是素来以勇猛善战著称的蚩尤。这应该不是他的原名，因为“蚩”和“尤”二字都有贬义，类似“愚蠢”、“痴呆”之类，很不好听，没有哪个父母愿意给孩子起个这样的名字。这个名字是后世讨厌他的人起的，真名则已被抹去。

蚩尤在大地的东方领导着一个强大的诸侯政权——“九黎”。

一本叫作《龙鱼河图》的古书记载说，“有蚩尤兄弟八十一人，并兽身人语，铜头铁额，食沙石子，造立兵仗刀戟大弩，威震天下”。撇开其中神话传说的因素，我们约略可以知道，位于今天山东地区的这个诸侯政权，似乎是一个由许多部落组成的庞大部落联盟，在当时实力十分雄厚。或许，连姬轩辕和姜榆罔都自叹不如。

至于说他们掌握了金属兵器的铸造方法，并不可信，因为有证据表明，当时中国的青铜器还处在十分初级的阶段，不可能出现刀枪剑戟之类复杂器物。但他们在武器制作方面，也许的确拥有过人之处——九黎处在东夷文化圈内，长久以来过着游猎的生活，因此他们可能在弓箭制作方面处于领先水平。

作为这个诸侯政权的领袖，蚩尤被称为“九黎之君”。能够领导如此庞大的族群，蚩尤显然是一个才能出众、很有魅力的人，不然何以服众？但是很遗憾，就像他的名字一样，蚩尤是作为反面人物被历史记录在案的。他最大的恶名，就是残暴。

《龙鱼河图》说，蚩尤“诛杀无道，不慈仁”，这让姬轩辕很恼火。

那时，姬轩辕在获得阪泉之战的胜利后，已经开始摄政，代神农氏处理国家大事。他希望自己能以仁义感化蚩尤。我们无法确知这种仁义是如何表现出来的，但姬轩辕显然是碰壁了。屡试屡败，仁义无用，姬轩辕只能仰天长叹。

后来，姬轩辕想出了一个办法，派姜榆罔去节制蚩尤。怎么节制，我

黄帝在位，实号轩辕。车以行陆，舟以济川。弧矢之利，弭难消患。垂衣而治，万国乂安。
——挚虞：「赞黄帝」

从蚩尤寨北望，是一片群山环抱的盆地

们不知道。结果事与愿违，蚩尤非但没有收敛，反而以此为契机，起兵攻打姜榆罔。这是那个大时代的一个转折点，它标志着蚩尤开始与姬轩辕公然作对。

姜榆罔不是蚩尤的对手。在后者的猛烈攻击之下，他开始从山西南部向北逃亡，一直逃到了涿鹿。那里是姬轩辕的地盘。

和阪泉一样，涿鹿的所在也是一个争议极大的问题，而且争议也集中在两个地方：山西运城，或者河北张家口。

历史学家钱穆认为，无论涿鹿还是阪泉都在今天山西省运城市解州镇，因为"解州西南25里有浊泽，一名涿泽，就是古时的涿鹿"。另一位台湾学者许倬云则认为，涿鹿与阪泉都在今天河北北部，处于农牧交叠的地带。中国历史上最重要的事件之一，就是每逢荒年，北方的牧人和猎人常常因粮食等物资的匮乏而冒险南下进入农耕地带，所以北方农牧交接线一带成为战争高发区域。考古学家苏秉琦先生从考古学的角度支持了许倬云的观点。他提出，"黄帝时代的活动中心，只有红山文化的时空框架与之相应"。红山文化发现于内蒙古赤峰市，距今约五六千年左右。张家口距赤峰不远，基本处在红山文化的辐射区域之内。

从历史文献中也能找到许多证据。

据考证，汉代时全国只有一个涿鹿县，位于上谷郡，而上谷郡的管辖范围正好相当于现在的张家口市。司马迁在《史记·五帝本纪》中明确提到自己曾"北过涿鹿"，那么这个涿鹿应该就是指上谷郡的涿鹿。

在《史记》之后，许多古书都对涿鹿有过记载。东汉末期的文颖在《汉书·刑法志》中为"涿鹿之野"做注解，说及"涿鹿在上谷，今见有阪泉地、黄帝祠"。

北魏地理书《魏土地记》则说："下洛城东南六十里有涿鹿，城东一里有阪泉，泉上有黄帝祠。"下洛城就是今天的涿鹿县城，东南60里则是今天隶属涿鹿县的矾山镇。

对涿鹿古战场作出更为完整描述的是北魏地理学家郦道元，他在《水经注》卷十三有如下记述："涿水出涿鹿山，世谓之张公泉，东北流迳涿鹿县故城南，王莽所谓褫陆也，黄帝与蚩尤战于涿鹿之野而邑于涿鹿之阿即是处也……涿水又东北迳亭北而东北入漯水。"

郦道元所说的这段漯水，实际上就是今天流经涿鹿县境的桑干河。2009年初，我从张家口市涿鹿县城出发前往矾山镇，途中就经过了这条著名的河流。可惜如今只剩一道游丝般的细水，在冬日太阳下泛着冰凉的白光。

古涿鹿郡
文明

当年蚩尤循着姜榆罔的踪迹追击至涿鹿时，这里却是一派温暖湿润的景象，到处可见茂密的植被和湿地。根据气象学的资料，距今5000年前正处于“仰韶暖期”，桑干河流域的平均温度比现在至少要高3～5℃。

群山和丛林之中，姬轩辕早已等候多时。

剥开神话的外衣

姬轩辕把主战场选在了一片被群山包围的盆地之中。这片广阔的沃野如今属涿鹿县矾山镇管辖，学者们普遍称之为“涿鹿之野”。

当年的杀伐之地，如今一片良田。我去看时，春天尚早，光秃秃的黄土地被寒风吹得又冷又硬，但人们已经开始整理葡萄园和杏林。

在矾山镇三堡村北的台地上，有一座当地人叫作“黄帝城”的古城遗址，学者们称其为涿鹿古城；“黄帝城”东南方有一眼泉水，被称为“黄帝泉”，据说是当年黄帝的人马饮水的地方；从“黄帝城”向东，又有“蚩尤泉”，泉水清冽，儿童们绕泉水嬉戏玩耍；又有“蚩尤寨”，荒凉高耸的巨大土台上，沟壑纵横，一株形状奇怪的古树从土台上俯瞰着山脚下的村庄；又有“炎帝营”……这些地名直截了当地指向涿鹿之战，而且包含了大战中的全部三位主角。

那是一场势均力敌的大战，双方胶着在一起，难分胜负。许多古书都描述过这场大战的场面，但无一例外都涂抹着浓重的神话色彩。

比如在大战的初期，蚩尤张口喷出滚滚浓雾，遮天蔽日，三天三夜不散。姬轩辕的士兵在大雾中迷失了方向，但很快又脱离了险境，因为他们的领袖制造出了指南车，把他们引导至安全的地方。

这是发明家姬轩辕的无数伟大发明之一。

战斗旷日持久，双方互有攻守。后来，姬轩辕派应龙去攻击蚩尤。有人说，应龙是姬轩辕的儿子，但也有人说，应龙不是人，是一种有翅膀的龙。

应龙善用计谋，他见蚩尤的军队驻扎在河流下游，便在上游筑坝蓄水。等到水量积蓄到足够的高度，应龙决坝放水，冲毁了蚩尤的城寨。

蚩尤大怒，召唤风神和雨神前来助阵，于是狂风大作，暴雨如注，涿鹿之野成为一片泽国。风神雨神，我们只在神话小说《西游记》中见过，当然，和他们一同出现的，还有雷公电母。

但请神的事儿姬轩辕也会，他请来了神女旱魃。旱魃虽是神仙，但相貌却极丑陋，古书上说她由僵尸变成，身上布满白毛，眼睛长在头顶上，头发则是无数条小蛇。她所到之处，雨水消失，连旱三年，大地上寸草不生。《诗·大雅·云汉》中说：“旱魃为虐，如惔如焚。”的确十分恐怖。风神雨神见旱魃到来，立即逃走，大水随之消失。

至此，姬轩辕的军队彻底掌握战场主动权，由对峙转为反攻。九黎部落大败，蚩尤被姬轩辕捉住，然后杀死在凶黎之谷。蚩尤大概死得很惨，长沙马王堆汉墓出土的帛书《十六经·正乱》中说，姬轩辕剥了蚩尤的皮，做成靶子，扯掉蚩尤的头发，做成旗子，还在蚩尤的胃里塞满干草，做成了蹴鞠。

蚩尤死后，九黎残余部众一路南逃，最后隐匿在贵州省的万山之中，成为苗族的先祖。

这就是涿鹿之战的全过程。它无疑是一段神话，而且其中有很多不能自圆其说之处。比如旱魃降临之后大旱三年，姬轩辕的部队如何应付？没人能够回答，但神话依然会世代流传，因为它有自己的逻辑。

它有虚构的性质，但也隐含着事实。

人类战争的起源十分久远。从某种意义上来说，战争就是人类生存的一种方式，正如耕作和放牧一样，都是为了争取更加优越的生存空间和更

治身紫府，问政青丘。龙湖鼎没，丹灶珠流。疏云即雨，落木先秋。至道须极，长生可求。

——庾信：「黄帝见广成子画赞」

丰富的生活资料。因此，当阪泉之战发生的时候，战争的参与者应该已经积累了丰富的作战经验，比如对于天气、地形的利用，对于武器装备的制造，甚至可能有了初步的阵法。

涿鹿之战同样如此，当蚩尤召唤风神雨神、姬轩辕召唤旱魃的时候，实际反映了先民在战争中对天气的利用，应龙放水冲垮蚩尤军寨无疑反映了对地理地形的谙熟。

事实上，战争经验的积累并非一定要来自战争，农耕岁月和游牧时光都会增进人对天时地利的认识，然后被自然地运用到你死我活的战场上。

无论姜榆罔、姬轩辕还是蚩尤，其部落必然都有农耕的部分，需要放火烧荒开辟农田，即所谓“刀耕火种”。这种原始的耕作方式，在如今中国云南山区依然零星存在。

蚩尤大概把这种耕作经验移植到了战场上，姬轩辕步步进逼，他就放火防御。但一派潮湿的环境，不能使火成为烈火，而是形成浓烟和雾；在呛人的烟雾之中，素以勇猛闻名的蚩尤士兵头戴牛角冲杀过来，令姬轩辕的士兵魂飞魄散……

但姬轩辕应该不会有指南车，这种科技含量很高的装备不可能出现在遥远的传说时代。

烟雾如幽灵般覆盖住涿鹿之野，久久不散，在这种恶劣的条件下，敌对双方实际上都无法有效作战，于是开始对峙。有人说涿鹿之战历经“三年九战”，并非没有道理——蚩尤远道来伐，不熟悉山川地理，必然筑城造寨、耕田种粮，做好了打持久战的准备，因此涿鹿之战的总体时间至少也有三五年。

蚩尤泉（左）与黄帝泉（右）

而涿鹿之战的战场范围也远比我们想象的广大，可能包括了如今河北的易县、蔚县、阳原以及北京的平谷、延庆等地。涿鹿则是战场的核心。

终于，姬轩辕等来或者说恰巧碰到了一个少雨之年，烟雾消散，蚩尤粮食歉收。姬轩辕立即大举进攻，在涿鹿山前击败蚩尤部众，并擒杀蚩尤。

所有重大事件都被归于神的万能，这或许出于先民的朴素信仰。正如自然产生的惊雷闪电被归功于雷公电母一样，涿鹿之野上的大风雨被记入风神雨神的功劳簿，而一场大旱则成了神女旱魃的杰作。

对于从神话时代向传说时代过渡的黄帝王朝来说，没有一位英雄与神无关。

黄帝南下

涿鹿战后，姬轩辕的威望直线上升。诸侯顺时应势共同推举他为天子，正式取代神农氏而成为天下共主，是为黄帝。为什么叫黄帝？唐代的学者司马贞说，姬轩辕有土德之瑞，土色黄，所以称黄帝。这种“五行生克”的观点，当然又是后世的附会。

我们无法得知神农氏是主动退位，还是被赶下台的。但史书上说，这是民意。

此后黄帝开始了平定天下的伟业。“天下有不顺者，黄帝从而征之，平者去之”，所到之处，开山通道，未尝止息。

他达到了自己一生事业的巅峰，所控御的势力范围东至大海、西到空桐、南达长江，在北方则驱逐了荤粥，即古匈奴部落，天下统一的局面就此形成。于是在某个选定的吉日良辰，黄帝召集天下各部落会盟，“合符釜山”，随后又在涿鹿之野建造都邑……

这座都邑被涿鹿人称为“黄帝城”。它整体呈正方形，东西、南北距离都在500米左右，残存的墙体高约3～5米，宽2.5米，底宽约10米。

在涿鹿人看来，如今只剩一片荒丘的这座“中国第一都城”，一定隐藏着许多秘密。当地一个家喻户晓的故事说：有人在“黄帝城”中挖出了几麻袋银锭，从此成为大富之家，于是附近的村民都对这片地方发生兴趣，幻想同样的奇迹也会降临到自己头上。

1957年10月，河北省文物部门发掘了“黄帝城”，出土了一堆石磨棒、石镰、陶罐等器物。这让那些研究中华文明起源的学者们惊喜不已，因为这些新石器时代的遗存，很可能和黄帝有着某些联系。

黄帝铸鼎于荆山，炼丹砂。丹砂成黄金，骑龙飞上太清家。云愁海思令人嗟，宫中彩女颜如花。
——李白：「飞龙引」

20世纪90年代，考古队把目光拓宽到整个桑干河流域，他们发现仰韶文化、红山文化和大汶口文化曾经在张家口地区交汇。这种现象被认为是炎帝、黄帝、蚩尤在涿鹿之野相遇的证据。考古学家郭大顺明确主张，炎帝与黄帝的对抗和交融，反映了仰韶文化与红山文化的长期竞争，而炎黄与蚩尤的战争则被认作大汶口文化与仰韶文化、红山文化的冲突与接触。

但这并不能证明“黄帝城”就是黄帝的都城，尽管它很有可能是。

黄帝没有在涿鹿的都城居住太久，他率领自己的人民和军队向南做了最后一次迁徙。他到达了轩辕之丘，并在那里另建了都城。

又过了不知多少年，“黄帝崩，葬桥山”。

桥山也是一个有争议的地点。涿鹿县有一个桥山，山顶上的石头奇异地形成桥拱的形状；陕西省黄陵县也有个桥山，从汉武帝刘彻之时，就开始在那里祭祀黄帝。

我觉得应该是后者，因为那里是黄帝长大成人的地方。

涿鹿之战，使黄帝成为中国历史上最受尊敬的人物。

他和炎帝一起被称作中国人的祖先，直到今天，黄皮肤黑头发黑眼睛的中国人依然自称“炎黄子孙”。

他所开创的王朝被后世称作中国文明史的开端，因为他不仅是军事家、政治家，还是一个卓越的发明家，柏杨先生说“他发明了人们希望是他发明的一切东西”，包括社会制度、房屋、衣服、车船、兵器、阵法、音乐等等。

他既是一个人，又是一个王朝；既是英雄，又是神祇。

「黄帝城」出土的石器

昔日「黄帝城」，如今是孩童们嬉戏的乐园

贰

牧野之战

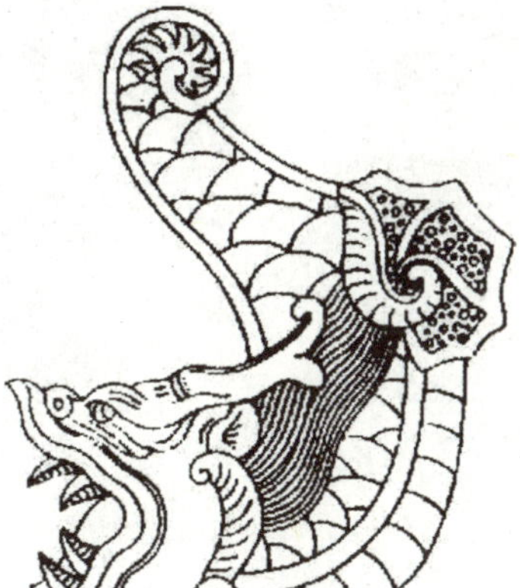

河南新乡市获嘉县，武王庙残碑

公元前1122年的某一天，周武王姬发正率兵行进在前往盟津（今洛阳孟津）的路上。据说他打算从那里渡过黄河，与各地赶来的诸侯会师，然后一路东进，到商都朝歌讨伐商纣王子辛。大军浩浩荡荡，其中一辆车上还载着姬发之父姬昌的牌位。这时候，两个老头忽然出现，拦住了姬发的马。

这两个胆大包天的老头，就是中国历史上大名鼎鼎“饿死不食周粟”的伯夷、叔齐。两兄弟本是辽西孤竹国君之子，因不愿继承王位而逃到周地。此刻在姬发的马前，他们发出了如下质问：“父死不葬，反而大兴刀兵，算是孝么？以臣弑君，称得上仁么？”话音刚落，姬发的左右已经举起兵器想杀掉他们，但被太公姜尚拦住：“他们是义人，放他们去吧。”

伯夷、叔齐没能阻挡住周师东进的步伐。两年后，姬发在商郊牧野大败商军，商纣王子辛鹿台自焚，有国662年的殷商灭亡。姬发得天下，建立了中国历史上第一个封建王朝——周王朝。伯夷、叔齐耻之，隐遁到首阳山中，采薇为食，最后饿死在那里。

《史记·伯夷列传》中，司马迁困惑不解地问道：“天道无亲，常与善人。伯夷、叔齐品行如此高洁，却终于饿死，难道他们不是善人？”表面上，司马迁在探讨伯夷、叔齐的命运，实际上却是在质疑“天道”这个宏大而虚幻的词：倘若真有所谓天道，那么这样的天道是好还是坏呢？

姬发兴师伐纣，所打的旗号正是“恭行天罚”，即遵循天道或天命，按照上天的旨意讨伐无道。许倬云先生说，周人提出的“天命”观念，是中国历史上前所未见的突破，因为它为周人夺取天下、掌握政权提供了至高无上的合法性以及道德优越感。所以周人在总结商朝灭亡的原因时，将之统统归咎于商人道德的败坏——荒淫、酗酒、不体恤民力、收纳逃亡之徒……

事实果真如此么？

伐纣前传

周人的祖先叫后稷，远在尧舜时期教万民农耕，所以普遍认为周是个纯粹的农业部族。主流的说法是，后稷子孙的活动区域在今山西南部，此后又慢慢地渡过黄河，向渭水流域发展。到商王朝晚期，起初默默无闻的周部落已在水土丰厚的岐下强大起来。到姬季历统治时期，周人已完成对周边戎狄部落的征服，并开始与商人接触，成为商王朝名义上的诸侯国。

历史在这里表现出了一贯的相似性：正像当初商人觊觎夏王朝一样，羽翼初丰的周人也开始对商王朝虎视眈眈。

恰在此时，发生了一件十分可疑的事：商王朝第二十八任帝子武乙到周人的地盘——河渭之间狩猎，结果死在那里。子武乙是中国历史上的著名君主之一，他最经典的事迹是以革囊盛血挂在高处，然后开弓射箭，使空中鲜血横飞，号为“射天”。《史记·殷本纪》上说，子武乙是在打猎时被暴雷劈死的。但有人怀疑这一说法，认为子武乙之死很可能是周人所为。

商王朝可能也觉得周人有弑君嫌疑，而且子武乙狩猎河渭，本来就有耀兵示威及观察周人实力的目的。因此，第二十九任帝子太丁即位不久就开始对周人采取行动。他先是封姬季历为西伯，使之成为事实上的臣属，然后又在姬季历朝商之际，将他扣留起来，最终将其杀掉。

姬季历死后，其子姬昌成为周人的领袖。

姬昌就是周文王，中国历史上一个完美无缺的人，后世儒家更是将其推上神坛，称之为圣人。《史记·周世家》说姬昌继承周人先贤后稷、公刘、古公等人的大业，施行仁义，敬老慈少，礼贤下士，于是天下贤人犹如百川归海，都投奔了姬昌。伯夷、叔齐也是在逃跑路上听说姬昌“善养老”而跑到周地的。

与周地一派“和谐”气象不同，商王朝的宫廷里正“折腾”得一塌糊涂。第三十一任帝子辛酒池肉林、荒淫无度，加之美女妲己乱政，朝野上下怨声载道。西伯姬昌在西方招贤纳士、扩充兵马的事情也渐渐传到了朝歌。崇侯虎向子辛进言说，姬昌积善累德，诸侯都投靠了他，大王您可要当心啊。

此时，姬昌已是子辛重臣，与九侯、鄂侯同为商王朝“三公”，位高权重。子辛虽然怀疑姬昌图谋不轨，有心将其除掉，但又不能不有所忌惮。他需要一个借口，而这个借口也适时出现：九侯有个美丽的女儿，献给子辛作了妃子，但她因不喜欢宫中的淫乱而惹恼了子辛，于是被杀；子辛不依不饶，又把九侯剁成肉酱；鄂侯不满，据理力争，结果也被制成了肉干。三公已去两公，而且全部遭受酷刑而死，姬昌不由一声叹息。

《史记》没有记载姬昌的这声叹息是在周地还是朝歌发出，但它却被崇侯虎“听”到了，并上报到子辛那里。姬昌这一声叹息大概含有多重含义：叹子辛暴虐，叹同僚惨死，更叹那即将笼罩自己的厄运。公元前1144年，凭着这“一声叹息”，子辛将姬昌囚禁于羑里，他没有立即置姬昌于死地，这为历史的演进埋下了一个大大的伏笔。

羑里城遗址在今河南省汤阴县，四周是广阔的豫北平原。向南不过百里，可到朝歌故地淇县，向北不出50里则是著名的殷墟所在地古都安阳。遗址大门外，时常可见一些摆摊算命的农民，表情神秘地向游人招手。当地人会告诉你，这里算命很准，而且还会压低嗓门，说某某政要权贵曾在这里预知了未来的仕途。为什么准？因为周文王正是在这里悟出了伏羲氏所创八卦的奥妙，并将其演化为六十四卦，即《周易》。

在这个被当地人自豪地称为“中国最早的监狱”的小小羑里城，年老的姬昌是否果真神通天地，研究出了几乎可以解释一切的《周易》，没人可以确定。但在他被软禁的这段时间内，他的手下闳夭、太颠、散宜生等人正在四处奔走，寻求营救之策。最终，他们以有莘氏美女、骊戎名马以及其他珍奇瑰宝为重礼，通过子辛的宠臣费仲献给子辛。

有莘氏美女大概美艳绝伦，子辛非常高兴：“仅凭这个美女就足以赦

免姬昌了，何况还有这么多宝物！”他不仅释放了姬昌，而且还赐予姬昌弓矢斧钺，使其拥有征伐诸侯的大权。

这是一个不可思议的结局，子辛态度如此剧烈的转变，难道仅仅因为一个美女？后宫本已艳色如云，何况还有妲己这一绝世尤物，有莘氏美女居然令子辛轻易地将姬昌放虎归山！不仅如此，子辛似乎还对囚禁姬昌有点儿不好意思：之所以抓你，是因为听信了崇侯虎的谗言。

公元前1142年，姬昌回到岐下，声誉不降反升，美德传遍宇内，诸侯之间开始有人放出话来：“西伯是上天派来的君主啊。”对于如此大逆不道的话，不知姬昌做何感想，但不久之后他就加大了扩充周人实力的步伐：伐犬戎、伐密须、败耆国、伐邗，之后拿下崇侯虎。一连串征战之后，周人势力范围已经深入到了今天的河南境内，距朝歌不过几百里之遥。

公元前1136年，姬昌悄悄把都城从岐下迁到了丰邑（今西安西南）。对此，子辛似乎不以为意，面对比干、商容等人的警告和苦心劝谏，他回应道：天命让我为王，姬昌能奈我何？

这事儿，他得问姬昌。

观兵，虚晃一枪

“圣人”姬昌大约在公元前1135年（年份有争议）去世，他的儿子姬发进入历史的叙事，后世称之为“武王”。《诗经·下武》在歌颂姬发时说，这个集万民爱戴于一身的人，上应天命，下顺祖德，终于夺取了天下。

这首诗表明，夺取天下早已被周人当作祖传的事业，所等待的不过一个时机而已。姬昌在世时，周人实力已经达至“波峰”，《论语·泰伯》上说：“三分天下有其二，以服事殷。”意思是姬昌为商西伯时，周人已经占据天下大半。这个说法虽然有待商榷，但周人实力显然已不可小觑。

姬发即位不久，就开始积极筹划“克商”的宏图伟业。这时他的身边人才济济，除了曾辅佐姬昌的太公姜尚，还有姬发的弟弟姬旦（后世称周公）以及毕公、召公等人，这些人成为周与商之间交锋的决定性人物。

史籍中关于姬发率兵打仗的记载不多见，《史记·周本纪》第一次提到他东征“伐纣”，就在半路上遇到了伯夷、叔齐。半路被拦，姬发心里肯定不舒服，但此后的行程却连现吉兆。他在盟津渡黄河，及至中流，忽然有白鱼跃入舟中，姬发将其捉住，烧鱼祭天——后世有人解释说，鱼有

洛阳市孟津县会盟镇叩马村，据说是当年伯夷、叔齐拦路叩马之处

鳞，为兵象，而白色为商王朝崇尚之色，因此烧白鱼祭天为吉兆。到达河北岸，大军扎营休整，忽见赤色火焰自天而降，在姬发的营帐上方跳跃，形如乌鸦，发出气定神闲的叫声——东汉末年的学者郑玄解释说，乌有孝名，姬发立志完成父亲未竟的事业，所以出现乌瑞之象，而且，赤色也正是周人崇尚的颜色，当然也是吉兆。

公元前12世纪时，这些在今天看来玄奥荒诞的征兆意义重大，它们可以被解释为天命眷顾周人，以此暗示他们时机已经成熟，“纣可伐矣”。

赤乌降临之时，另一个更加重要的条件也已成熟：八百诸侯不期而至，与姬发会师盟津。“八百”显然是一个不太可信的数字，《史记》没有记载这些诸侯都来自何方，也没有记载他们共有多少兵士与车马，但从他们“皆曰纣可伐矣”来看，人马应该不会太少。

万事俱备，只要姬发一声令下，牧野之战就将提前两年发生。但让所有人感到意外的是，姬发轻描淡写说了一句：“你们不知道天命，时机还不成熟啊。”然后，领着自己的人马回去了。

这个戏剧化的结局令人十分困惑，因为笃信天命的周人不仅违背了天意，还把“八百诸侯”置于危险境地。这些蕞尔小国远道而来，其举动本身就属叛商之举，这一消息若被子辛获知，以商王朝的军事实力，一一击破他们应该不在话下。那么，姬发为什么要这么做呢？

钱穆先生推测其中有两点原因，一是商王朝还有箕子、比干等贤人在朝辅政，人心未散；二是伯夷、叔齐拦路叩马所说的那段话，可能也代表了一部分民众的心理。姬发考虑到这两点，觉得没有十足把握取胜，因此退兵。

事实上，在《史记·周本纪》中，关于这次劳师远征，司马迁根本没有提及“伐纣”，而是使用了一个比较奇怪的词：“观兵”。“观兵”一词在古代史籍中并不少见，《左传·僖公四年》中说：“若出于东方，观兵于东夷，循海而归，其可也。”《国语·周语上》也有“先王耀德而不观兵”的记载。这里的“观兵”即显耀武力的意思。姬发“东观兵”同样是耀武，但可能还有借机观察“八百诸侯”的意图。

“观兵”一词隐含着姬发此行的全部目的。

其一，姬发想看看子辛的反应。周人日渐强大，商人不会不知道，也不会没有戒心。于是姬发投石问路，试探一下子辛本人是否也高度戒备，或者果真如传说中那样贪恋女色美酒不问朝政。试探的结果姬发应该很满意，他的大军一路从今陕西到达河南，商王朝居然没什么动静。

其二，姬发想检验一下诸侯们是否铁心叛商。他很清楚，商朝几百年基业，国力雄厚，仅凭周人之力“伐纣”无异以卵击石，必须与其他诸侯结成同盟。但表面归顺的诸侯，内心是否也把他姬发看做真命天子呢？结果他很欣慰，没有接到任何通知的“八百诸侯”居然齐聚盟津！

其三，这次长途行军也是对周军的一次大规模阅兵，并且为正式“伐纣”考察了地形和路线。两年后，当姬发再次领军东征“伐纣”之时，所选择的路线应该就是同一条路线，而且同样是在盟津北渡黄河。

但对于“观兵”之说，历来争议不断。有人认为姬发如果真这样做未免太冒险，一旦子辛大怒，发兵拒之，那周人很可能有来无回；而且，“八百诸侯”多数地处偏远，不期而至同时到达盟津岂非天方夜谭？于是，有人认为“观兵”之说不可信。

但依情理推断，姬发观兵盟津是可以说通的。当年姬昌伐邘、伐崇之后，周人控制的区域已经延伸到今晋豫交界处附近，甚至更向东到达了今河南洛阳嵩县，因此他带兵到附近的盟津转一圈，不算出格，即便子辛怪罪，他也有说辞；至于诸侯不期而会，虽然来不了八百个，来七八个还是可能的，中国古书夸大其辞几乎是传统——事实上，两年后牧野大战爆发时，参与的诸侯恰好是八个。

姬发盟津观兵的确切年代，司马迁没有记载，只说是“九年”，这给后来的史学家制造了很大的麻烦。综合各方观点来看，应该在公元前1124年。

白纸黑字，如此巧合

如果真像钱穆所说，姬发不敢贸然进军朝歌是忌惮于子辛身边那些贤臣的话，盟津观兵之后，子辛亲自帮他扫除了这些障碍。

几乎所有的史书都把子辛描绘成一个聪明绝顶之人。《史记·殷本纪》上说，子辛天资聪颖，能言善辩。他的才华使他可以轻易拒绝任何人的劝谏、掩饰自己的过错，而且让对方无言以对。通观中国历史，聪明到如此地步的帝王恐怕不多。然而子辛不仅文才出众，还是一个旷世难见的大力士，司马迁说他能“手格猛兽”，《帝王世纪》更夸张，说他可以倒曳九牛、扶梁换柱。

一个人自认为聪明到极致，最容易产生的后果就是以为天下我最大，何况出身又好，贵为帝王。于是子辛听不进任何人的进谏，《史记》中，他除了收受姬昌有莘氏美女、各方珍奇以及洛西之地后答应姬昌废除炮烙之刑外，似乎再也没有人能够说动他。当然，美女妲己是个例外，《史记·殷本纪》说，子辛“爱妲己，妲己之言是从”。

这是个来路不明的女子。

历代史书，无论官修还是草泽间的野史，都称妲己为亡商的祸水，明代许仲琳在小说《封神演义》中更是把她描绘成千年狐妖，这几乎成为后世人想到妲己时的惟一印象。根据今本《竹书纪年》等史书的记载，妲己本是有苏氏的美女，子辛伐有苏氏（约在今河南武陟），妲己作为战利品被带回朝歌，并成为子辛的妃子。在美女如云的后宫，妲己艳压群芳，成功俘获了子辛的好色之心。

关于妲己在朝歌的不光彩行为，早已被世人说尽，但也偶尔有人为她翻案。在河南新乡，有人就告诉我，妲己之父痛恨子辛的暴行，于是忍痛将自己的女儿献给子辛，让她祸乱朝歌，促使商朝早日灭亡。

这是个代价高昂的牺牲，常人难以理解，但放在中国历史的逻辑之中，似乎又合乎情理。

不管怎样，史书已经认定妲己强化了子辛遗臭万年的种种恶行。在充斥狗马奇物的宫室、遍布野兽飞鸟的园囿，子辛以酒为池，悬肉为林，让一群裸体男女追逐嬉戏其间，早已忘记今夕何夕。此时，他怎能倾听任何让他不快的消息呢？

姬发那么大张旗鼓地观兵盟津，消息早已传入朝歌。子辛的老哥微子数次进谏，子辛不予理睬，微子只能一声长叹。子辛的叔父比干冒死强

秋风飒飒孟津头，立马沙边看水流。见说武王东渡日，戎衣曾此叱阳侯。

——胡曾：「咏史诗·孟津」

河南洛阳，孟津黄河岸边

谏，结果子辛大怒：“你还以为自己是圣人！我听说圣人心有七窍，让我看看你有几窍。”——另有一种说法是，妲己见比干三天三夜不走，心生厌恨，就向子辛提出要看比干的心。

民间传说，比干被剖心后，哀泣南行几十里，在今河南卫辉死去。当时大风忽起，一夜之间平地卷土成墓。比干墓现为国家重点文物保护单位，占了一片很大的良田。巨大的墓冢前立着一块碑，上刻“殷比干墓”四字，旁边的牌子上介绍说这是孔子留下的唯一真迹，名为“孔子剑刻碑”。字不知真假，但背后那冢，却多半是后人堆的。

比干死后，箕子惊骇万分，便装疯卖傻，最后被子辛囚禁起来。

太师疵、少师彊抱着祭器和乐器奔周而去。

最后，内史向挚也携带着重要的典籍图册逃亡到周地。

在《诗经·荡》中，作者假托周文王姬昌之口说道：“殷鉴不远，在夏后之世。”——商的教训并不远，看看夏桀的命运就知道了。

子辛似乎早已忘记他的先祖、商王朝第一任帝子天乙是如何从夏人手中夺取的天下了，他更无法意识到自己的所作所为与末代夏帝姒履癸何其相似——姒履癸爱美女妺喜，子辛爱妲己，两人都为讨美女欢心不择手段；姒履癸杀谏臣关龙逄，子辛杀的是比干；姒履癸发明了炮烙酷刑，子辛原封不动照搬；姒履癸有酒池肉林，子辛也有……

两人最大的共同点，即他们都是一个长达几百年王朝的末代之君。他们就像中国历史上的两个孪生兄弟，死后所获的称号也难分彼此：一个叫桀，意思是凶暴残忍；一个叫纣，大意是残害忠良。

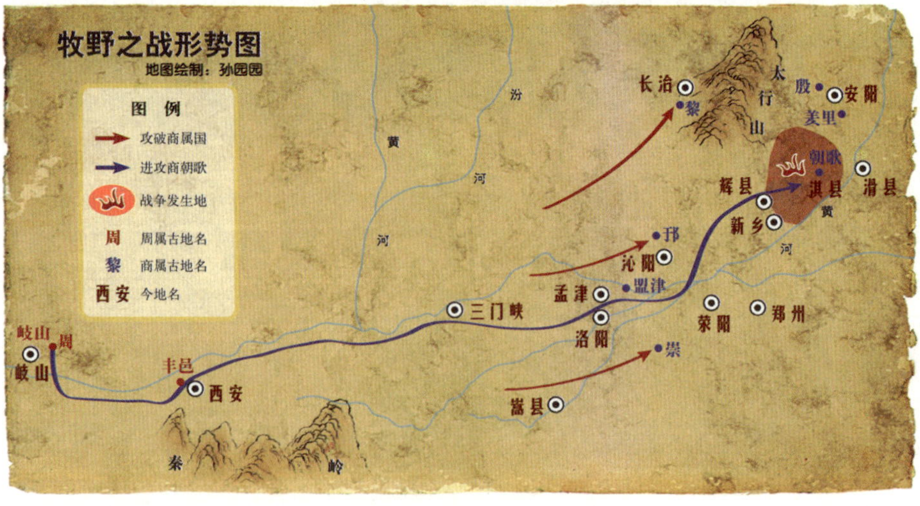

如此多的巧合令人十分疑惑，但历史白纸黑字写得清楚。历史是人写的，杰克·特纳在《香料传奇》中说：“历史常常被篡改而使之变得易于接受。”易于被谁接受？当然是统治者。夏商周三代嬗替的秩序，史学家许倬云认为是周人的历史观，那么，周人一定也修改了其中的某些地方。他们一直在反思商亡的教训即所谓“殷鉴”，并上溯至“夏鉴”，将二者等同而视，拼命强化其中的相似之处——他们做得似乎有点过头了。

现在，子辛亲手帮姬发扫除了心头之患，后者欣喜若狂，立即开始扮演当初子天乙的角色——姬发与子天乙，都号称武王。

公元前1122年，姬发遍告诸侯：“殷有重罪，不可以不毕伐。”

胶鬲原来是卧底

黄河北岸的河南新乡素有“牧野大地”之称，在市中心有一座牧野公园。据说当年牧野大战时，这里是战场的南端。公园里有个样子简单的牌坊，上面写着“鹰扬苑”。

这三个字源于《诗经·大明》。在这首长诗的最后一段，作者气势恢宏地描写了牧野大战的场景——广阔的牧野大地上，车辚辚，马萧萧，太公姜尚如雄鹰般威猛迅捷，率领大军直冲商师……

姜尚垂钓渭水之阳而遇姬昌之时，大约已有70多岁。等到姬发伐纣时，他可能已届90高龄。这样一位老人如果一定要上战场，更适合在后方指挥，或者调动漫长一生积攒的经验，为姬发出谋划策，而不是上阵冲杀。我不太相信奇迹，但奈何中国史书中所多的恰是这些令人不知所措的奇迹。

当然，姜尚在牧野大战中所起的作用是不容抹杀的。

公元前1122年姬发再次踏上东征之路时，遭遇到了意想不到的凶兆：占卜时，龟甲显示不吉，众人疑惑之际，又有风雨暴至，于是群公尽惧。这时姜尚站出来，将龟甲扔在地上说：“枯骨朽草知道什么吉凶！不要犹豫，抓紧出兵。”力劝之下，姬发出兵东行。

据说在路上凶兆依然接连出现：岁星出于东方，正是商王朝所在方位，不吉；时有大风雨，一连几日不停；大军到汜，洪水泛滥；至怀，大水坏路；至共头山，山石崩裂……然而在姜尚和姬旦的坚持下，大军始终一心东进。

就像两年前“观兵”时一样，一直把“天命”挂在嘴边的周人此时不

国乱时危道不行，忠贤谏死胜谋生。一沉冤骨千年后，垄水虽平恨未平。
——汪遵：「比干墓」

再顾忌天命的强烈暗示，而是反其道而行。原来，天命虽然高高在上，却终归要让位于人间君主的抉择。

他们在这一年十二月的某一天从盟津渡河北上（也有人认为是在今荥阳汜水），与诸侯会师。《史记·周本纪》在此处没有提及有多少诸侯，但从后来战场上的情况看，大概共有八个，即庸、蜀、羌、微、髳、卢、彭、濮。孔安国说，这八个诸侯皆“蛮夷戎狄”，远涉江湖从遥远的西南方赶来。这个说法表明，盟津观兵时的“八百诸侯不期而会”之说不可信。

第二年二月甲子，姬发的大军终于到达商郊牧野。《尔雅·释地》上说：“邑外谓之郊，郊外谓之牧，牧外谓之野。”因此，牧野原本并不是一个专属的地名，而是对朝歌郊外一片广大区域的通称，这片区域向南延伸，应该包括了今卫辉以至新乡市区。牧野成为确切地名，当是在牧野大战之后，所指区域历来被认为在今淇县南，包括淇县与卫辉的部分地区。河南大学的陈昌远教授则认为牧野大战的确切地点，应在今新乡市东北牧野村一代。

二月甲子，东方未明，曙光未露时，周军已经在牧野摆开决战架势。

关于周军的兵力，《史记·周本纪》记载有“戎车三百乘，虎贲（精挑细选的勇士）三千人，甲士四万五千人”，再加上诸侯的兵力，共有车四千乘。攻击主力周军只有车三百乘，而作为附属的诸侯居然有车将近四千乘，不可信。估算一下，周军应该不会超过10万人，而商军，则有70万之多。

姬发进行了战前动员，《尚书·周书·牧誓》记载了他这篇激情四溢的发言。其中一段，姬发引用了一句古话：“古人有言：‘牝鸡无晨。牝鸡之晨，维家之索。’”——古人说，清晨无需母鸡报晓，否则，这一家也就快完了。他的意思是，子辛唯妲己之言是从，商的末日到了。

双方兵力的巨大悬殊令姬发不得不一再强调：“夫子勉哉！”

大约在拂晓时分，姬发酝酿很多年的牧野大战终于爆发。然而，本应激烈残酷的战斗场面似乎根本没有出现，当姜尚率勇士们以戎车冲入商军阵中之后，战场形势随即发生根本性转变——商军临阵倒戈，为周军开路！商军崩溃，子辛走投无路，身披宝衣珠玉，在他耗费大量心血修建的鹿台之上自焚而死，妲己自杀。

牧野大战就此结束，似乎只有半天工夫，姬发就据天下为己有。

既不见周军的勇猛拼杀，也没有商军的任何有效抵抗，70万人形如纸

糊泥塑。

如此简单，如此轻描淡写，以至让人怀疑司马迁所记是否属实。

历代的史学家为这个意想不到的结局寻找了各种理由。

有人说子辛的军队根本没有70万，当时他忙于征伐东夷，军队都在东方前线，后方哪来这么多人？17万还差不多。然而17万也远比周军多，不可能一击而溃。

有人说周人采取的是突袭战，一路急行军，攻商人于不备。可是姬发在路上至少走了两个月，这么长的时间内，子辛难道没有听到任何风声？

有人说，商军是仓促应战，而且阵中多是奴隶和俘虏，他们痛恨子辛，因此临阵倒戈。这个说法比较主流，也被认为最合理。

事实上，周人能够大胜，另有玄机：商朝有人暗通周军。此人名叫胶鬲，为子辛重臣。

《吕氏春秋·诚廉》记载，姬发即位不久，就派姬旦密会胶鬲，并订立盟誓，“加富三等，就官一列”。牧野大战时，胶鬲果然再次出现。《吕氏春秋·贵因》记载，姬发大军行至鲔（音尾）水，胶鬲已候在那里，问姬发何时到殷郊，姬发说甲子，并让胶鬲据实禀报子辛。胶鬲走后，姬发令大军急速前进，务必于甲子日赶到，否则就是“令胶鬲不信也。胶鬲不信，其主必杀之。吾疾行，以救胶鬲之死也”。俨然把胶鬲当作自己人。

但是如果胶鬲真的据实禀报子辛，那么姬发岂不是为自己找麻烦？因此，胶鬲很可能什么也没有告诉子辛，或者干脆说了一个假时间。等到周军在夜色中有如神兵天降，子辛手忙脚乱之时，胶鬲又一手促成了临阵倒戈。

胶鬲也是个来路不明的人。《孟子·告子》中说："舜发于畎亩之中，傅说举于版筑之间，胶鬲举于鱼盐之中，管夷吾举于士。"将胶鬲与舜、傅说、管仲并举，可见他并非等闲之徒。胶鬲本是一个鱼盐商贩，后来被人推荐给了子辛，并得以重用。谁推荐的？据说是姬昌。如果这个说法属实，那上述推测无疑又多了一条非常重要的依据。

《国语·晋语》对胶鬲也有记载："妲己有宠，于是乎与胶鬲比而亡殷。"把他与妲己并列，视为亡殷的罪人。

胶鬲没有在历史上留下更多痕迹，《史记·周本纪》中根本没有他的影子，他像一个无足轻重的普通人一样，消失在时光的滚滚洪流之中。据说只在南方某些地方的盐宗庙里，如今还立有胶鬲的塑像。后人成功地帮

淇县"淇河太极图"，此地流传许多与周文王有关的故事

他漂白了“卧底”的身份，他成了盐神。

胶鬲暗通周人的事很可能是真的，司马迁之所以没有提及胶鬲，大概是因为他采信的资料多来自周人。周以仁、义、诚、信等为口号，显然不会把自己重金收买奸细的事情大书特书。然而，他们千方百计避之不及的“丑闻”，却被吕不韦手下一帮以逞口舌为快的门人轻松讲了出来。

正统确立

在牧野之战的同一个世纪，地球另一端，古希腊人木马屠城，攻陷特洛伊。他们的目的就是抢回美女海伦。据说，当海伦终于出现在希腊士兵面前时，十年苦战之后的他们居然认为再打十年也值，因为海伦太美了。

妲己也很美，可能更美，但她的命运却很悲惨。子辛在鹿台之上一把火烧死了自己，繁华消歇，富贵如烟，妲己自杀。《史记·周本纪》上

中条山下黄礓石，垒作夷齐庙里神。落叶满阶尘满座，不知浇酒为何人。——卢纶：「题伯夷庙」

说，姬发亲自动手，砍掉妲己的头，悬于“小白之旗”；子辛的人头则悬于“大白之旗”。

民间同情这个美丽女子，传说她并没有自杀，而是希望凭借自己的美貌活下去。然而90多岁的姜尚不为美色所动，执意要杀掉她。刑场上刽子手失魂落魄，迟迟不忍下手，最后姜尚只好下令用布蒙住妲己的脸，才把她杀掉。

廉价的同情在强硬的历史叙事面前，如烟灰般轻微。

周人口中罪大恶极的子辛也被寄予了同情，而且有历史学家出面仗义执言。郭沫若在《替殷纣王翻案》一文中提出，子辛不仅是一个很有才能的人，而且他对古代中国的领土开拓有其贡献，所谓“纣克东夷”就是指开拓淮河流域与长江流域。顾颉刚先生则在《纣恶七十事发生的次第》一文中指出，子辛的罪行，“见《尚书》者六项，战国增加二十项，西汉增加二十一项，东晋增十三项”。越往后越多，这不符合人类记忆的逻辑，却勾画出历代掌握话语权者“为圣上代言”、以道德名义篡改历史的真面目。

周人用“天命”之说掩饰了他们获取天下的野心，那些正义的言辞比如《泰誓》、《牧誓》之类，由此蒙上了一层可疑的面纱。周人可谓聪明，他们在三千年前就明白了宣传的重要性，并不遗余力地一以贯之，终于把历史弄成了自家族谱。作家许晖在《身体的媚术》一书中说，“帝辛在阴谋者的诋毁之下”，“坏名誉一日千里，在帝国内迅速传播开来”。“阴谋”正对“天命”，更客观地总结了牧野大战前后周人的处心积虑。

“阴谋”并无贬义，在古代，它的意思是暗中策划。

牧野大战结束后，姬发的军队大概又进行了一系列战斗，据说灭了上百个国家，斩首无算（钱穆《周武王的故事》）。最后，在无数士兵“我来自东，零雨其蒙”的悲吟中，大局已定，姬发一跃而为周天子，中国历史由此进入“正统”的谱系，封建王朝开始在周人确立的轨道上循环更替。

淇县纣王殿山顶。在淇县，关于纣王的传说数不胜数

叁

城濮之战

河南商丘古城

晋国的公子姬重耳，大概是整个春秋时期经历最坎坷但也最幸运的一个人。

在重耳正当盛年、满怀理想的那段美好时光，本与王位无关的他，却不幸卷入残酷的夺嫡斗争。当时，重耳的哥哥姬申生早已被立为太子，但他们的父亲——晋献公姬诡诸却忽然变卦，打算废掉申生，另立宠姬骊姬之子姬奚齐为太子。最终，太子申生自杀，两个弟弟重耳和夷吾也从此被迫踏上流亡之路。

重耳没想到，自己未来的道路居然如此坎坷，辗转数国，前后19年的光阴。

重耳也没有想到，当自己终于在62岁高龄重返故国，居然能够登上晋国的王位。

重耳更没有想到，登基四年之后，他的军队就在城濮之地击败南方强大的楚国，“取威定霸”，成为继齐桓公姜小白之后的第二位霸主，晋国之强一时如日中天。

此战为重耳带来了一副雄才大略、高大光明的形象，战场上晋军主动“退避三舍”也被传为美谈佳话；重耳的一帮重臣更是被“足智多谋”、“精诚团结”等溢美之词所笼罩。反观楚国主将子玉，则成为刚愎自用、骄傲轻敌以至视战争为儿戏的代名词。

但是，这些传统判断是否反映了历史的真相呢？重耳到底是个怎样的人？子玉果真一无是处？那个时期的战争到底是“以礼为固”，还是崇尚“兵以诈立”？这一切，都要从重耳那旷日持久的流亡岁月说起。

重耳流浪记

公元前656年，姬诡诸的宠姬——美女骊姬诬陷晋太子申生欲毒杀其父。后宫的温柔乡里，“老夫”姬诡诸怎耐“少妻”骊姬的软语呢喃，不仅下定决心另立太子，而且轻易就相信了骊姬的谗言。申生无奈自杀，哪知骊姬不依不饶，打算斩草除根，将姬诡诸的二子重耳、三子夷吾置于死地。

二人惶恐，分路出逃。

重耳逃亡的第一站为蒲城（今山西隰县），这里实际上原本就是重耳的封地。

姬诡诸见重耳不辞而别，心想他果然心怀鬼胎，于是在第二年发兵攻蒲。重耳翻墙逃命，被蒲城宦者（大约相当于后世的宦官）勃鞮斩下衣袂一角，侥幸逃生。

晋国之大，再无容身之地，重耳无奈奔狄，他的母亲就出生在这里。追随他狼狈逃亡的总计数十人，其中最厉害的是所谓“五贤士”：赵衰、狐偃咎犯（重耳的舅舅）、贾佗、先轸和魏犨（音仇，即魏武子），他们自重耳17岁时就追随其左右。

这一年，重耳43岁，按照今天的标准，早已过了创业的黄金年龄。

重耳在狄应该过得不错，不仅娶了老婆，而且一住就是12年。此地乐，不思蜀，他似乎准备把后半生交待在这里。

入狄的第五个年头，姬诡诸去世，大臣里克诛杀骊姬之子奚齐，并派人前来迎请重耳返国。《史记·晋世家》讲述到此说：“重耳畏杀，因固谢，不敢入。”可见重耳是一个胆小怕死之辈。

姬夷吾借此机会登上了王位，是为晋惠公。这位原本与重耳同病相怜的异母兄弟，身份一旦发生巨大转变，就立即感觉重耳的存在是个威胁，于是在公元前644年派人刺杀重耳。重耳得知此事，明白狄已不可久留，他决定投奔东方大国齐国。临行前，重耳叮嘱自己的老婆说：“等我25年，25年后若我还没回来，你就改嫁吧。”

这一年，重耳55岁。

经过卫国（都城楚丘，在今河南滑县）的时候，卫文公姬燬无礼，不予接待。

重耳只能继续狼狈前行。走到五鹿（属卫，在今河南濮阳境内）时向路边农夫乞食，农夫却捧给他一个土块。重耳大怒，举鞭想抽打农夫，被咎犯拦住：“有土，就是有国，上天所赐啊！”于是拜谢而去。

河南淇县，春秋时属卫国

重耳辗转到达齐国后，受到齐桓公姜小白的热情款待。这位春秋第一霸主不仅将宗室女子嫁给重耳，还馈赠其20乘马（合80匹）。重耳感激涕零，觉得自己终于找到了安身之处，打算长住下去。即便第二年姜小白饿死床榻、齐国一片混乱之时，重耳也丝毫没有生出离齐之心。

他在齐国一待就是五年，终于急坏了随行的五贤士。这些人都非等闲之徒，他们数十年铁心追随重耳，目标只有一个：有朝一日重返晋国，夺取王位。但他们没想到重耳如此耽于女色，不思进取。

有一天，他们在桑下密谋如何劝说重耳离齐返国，孰知树上有耳，那齐女（重耳的老婆）的侍女在树上采桑，将赵衰、咎犯等人的密谋一字不落听了去。侍女向齐女如实禀报，以为可以受赏，不料却招来杀身之祸。这齐女是个厉害角色，她干脆利落杀掉侍女，然后催促重耳马上动身返国。

重耳面对齐女的催促，说出了如下一番话："人生在世，只求安逸享乐，其他的才懒得管呢。我哪也不去，死也要死在齐国！"就是赖着不走。

齐女没办法，就和赵衰等人将重耳灌醉，抬到车上，悄然离去。

这一年，重耳60岁。

等到这位老花花公子从沉醉中醒来，温柔乡已远在数十里之外，他不觉怒火攻心，操戈欲杀咎犯。咎犯说道："如果杀掉我能让你登上晋国王位，倒也正合我意。"重耳无奈，只能恶狠狠地说："如果事不成，我就吃了你的肉！"此时他已明白，尽管有一万个不乐意，他也已被人逼上了夺取王位之路，再也无法回头。

咎犯等人为重耳设计的返国之路，是从齐国南下，经曹（都陶丘，今山东定陶县），过宋（都商丘，今河南商丘市），过郑（都新郑，今河南新郑），再向西南过楚（都郢都，今湖北江陵），最后到达晋国西边的秦国。咎犯等人希望其中的某一个肯出手相助，赶走晋国王座上的晋惠公姬夷吾，转而立重耳为王。

在他们看来，最有可能拔刀相助的是楚国和秦国。

过曹，曹共公曹襄虽然予以接待，但十分无礼。他听说重耳的肋骨与众不同，是连在一起的，就趁重耳洗澡时悄悄欣赏了一番。这奇耻大辱令重耳怀恨在心。

过宋，宋襄公子滋甫刚在泓水（在今河南柘城）之战中败于楚国，大腿受了重伤。他深知重耳拥有一批贤臣，极有可能夺取晋国王位，自己与楚结仇，正需要晋国的帮助，于是以国礼盛待重耳，还赠送了20乘马。但宋是小国，又刚吃了败仗，根本无力帮助重耳返国。

过郑，郑文公姬捷不礼。大臣叔瞻劝谏，姬捷道："各国流亡公子从我这儿经过的多了，难道我都要接待不成？"

过楚，楚成王芈熊頵待重耳以上宾之礼。但天下没有免费的午餐，预料重耳必成大事的芈熊頵提出了条件："事成之后，你如何报答我？"重耳想了半天，老实回答："金银财宝、子女玉帛，你楚王一样不缺，实在不知道该如何报答。"芈熊頵非要重耳有所承诺，重耳只好硬着头皮说

山东临淄，桓公台遗址

道："那好吧，如果有一天我们在战场上相遇，我愿为楚军退避三舍。如果这样还不行，那也只能刀兵相见了。"

楚将子玉闻听如此不逊之言，力主杀掉重耳，却被芈熊頵拦住："上天要让重耳为王，不可杀！"

芈熊頵处理这件事情的态度十分蹊跷，他早已有心北上称霸中原，而重耳一旦返国登上晋国王位，必然成为楚国北上的最大障碍之一，现在杀掉重耳易如反掌，他为何要留下后患呢？难道芈熊頵笃信鬼神，认为杀重耳就是违逆天意，必遭天谴？这不像是理由，更像是借口。

真正的理由则是由于秦国。芈熊頵深知，此时晋国正处在秦国的翼庇之下，而晋惠公姬夷吾和其子姬圉多次作出令秦国恼怒之事，秦穆公嬴任好早已有心另立晋君——重耳无疑是晋国新君最合适的人选。在此情况下，若楚国贸然杀掉重耳，必然惹恼秦国，使之成为楚国西边的一个强敌，这无论如何是划不来的。

果然，几个月之后，秦国听说重耳在楚，立即召其赶赴秦国。芈熊頵顺水推舟，厚送重耳入秦。公元前636年，秦军强送重耳返晋即位，是为晋文公。

这一年，重耳已经62岁。

他历经19年的流亡，逃脱数次杀身之祸，终于遂了追随者们的心愿，从一个胸无大志的浪荡公子摇身变为堂堂大国之君。而一路上他所遭遇的各国君王臣子，无论有礼无礼，也悉数被他记在心里，等待有朝一日快意恩仇。

楚人围宋

在重耳登上王位的前后几年，南方长江流域的楚国正在积极谋划进军中原、称霸诸侯的大业。

当时周王室早已衰微，宗主之位名存实亡，春秋第一霸主齐桓公姜小白也已悲惨离世，国际间群龙无首，一片混乱。

宋襄公子滋甫瞅准这个时机，急不可耐地站出来，打算接手第二任霸主之位。但宋毕竟是小国，根本没有做霸主的实力。公元前639年春天，宋、齐、楚会盟于鹿上（属宋，今安徽阜南），子滋甫请求芈熊頵允许自己当霸主，芈熊頵假装答应了他。结果这一年秋天，当宋、楚、陈、蔡、郑、许、曹等国会盟于盂邑（属宋，在今河南睢阳）时，芈熊頵毫不客气

五霸递征伐，宋人无战功。解围幸奇说，易子伤吾衷。唯见卢门外，萧条多转蓬。

——高适：「宋中十首之八」

地囚禁了子滋甫，一直到冬天才放出来。

子滋甫不甘心，第二年，他见郑文公姬捷赴楚朝觐，明显是尊楚为霸主，于是组织宋、卫、许、滕联军伐郑。楚国当即派兵攻打宋国，在泓水大败宋军，子滋甫的大腿就是在这一战中中箭受伤。

其实，泓水之役，宋军本来有取胜的希望。当楚军渡到河中时，其臣子鱼劝子滋甫发动攻击，子滋甫不听；楚军过了河，还未成阵时，子鱼又劝子滋甫出击，他还是不听。结果等到楚军摆好架势，双方一交战，宋军立即大败。宋人埋怨子滋甫，他却堂而皇之地说："君子不能乘人之危，对方还没列好阵势，怎么能打呢！"子滋甫的此番言论十分出名，后世在讲述春秋前期打仗"以礼为固，以仁为胜"、不用诡计权谋时，常常把他拎出来作范例。

泓水之败彻底浇灭了子滋甫称霸的野心，宋也因此被迫臣属于楚国。

公元前637年，子滋甫在盛情款待重耳之后，因腿伤不治身亡，其子子王臣即位，是为宋成公。

芈熊頵将宋国收为楚国的附属国，就等于为楚国北上中原扫除了最大的一个障碍。他可以方便地利用宋国运兵、屯粮，一步步把黄河流域纳入自己的势力范围。

然而就在此时，发生了一件令芈熊頵始料不及的事：公元前634年，宋成公子王臣忽然背楚亲晋。

对楚国来说，这是一个危险的信号，它意味着宋国开始主动将晋国推尊为霸主。对于晋国来说，这既是一个送上门来的大礼，也是一个烫手的山芋——不接，就是向各国表明自己甘居二流；接了，就要得罪强大的楚国。

而对于宋成公子王臣来说，这却极可能是一个深思熟虑之后做出的抉择。其父子滋甫曾有恩于晋文公重耳，寻求晋国这棵大树的庇护，重耳没有理由拒绝。而在此前一年，周王国第20任王姬郑的弟弟姬带叛乱，将姬郑赶出洛阳，自立为王；重耳采纳赵衰的建议，赶在秦国之前，杀掉姬带，使姬郑复位。晋国这一举动，虽然打着"尊王"的旗号，但谁都能看出来，晋国已经按捺不住要求霸了。子王臣抓住这一时机，迅速倒向了晋国的怀抱，可谓用心良苦。

我甚至怀疑，宋这番举动，是由晋国一手策划的。

楚成王芈熊頵的愤怒可想而知。

公元前634年冬天，楚令尹子玉和司马子西率师伐宋，包围了宋国的东部边邑缗（在今山东南部）。这次讨伐，楚军规模并不大，也并未深入宋国境内。盛怒之下的芈熊頵大概只是先警告一下宋成公子王臣：背叛楚国，是要付出代价的，你可要想好了！

宋国此时已经铁心追随晋国，子王臣也明白，楚国绝不会善罢甘休，象征性地围缗之后，真正的惩罚很快就会降临。因此，宋与晋之间的使者往来、紧密磋商当在意料之中。而对于晋文公重耳而言，与楚国的这一战，早已绘入晋国的称霸路线图，他眼下要作的，不过是等待时机到来而已。

如此又过了一年，公元前633年冬天，楚军在芈熊頵的亲自率领下大举北上。他们从郢都出发，一路挺进到宋国境内，然后与陈、蔡、郑、许等几个臣属于楚的国家会盟，组成了庞大的联军，围攻宋都商丘。

兵临城下，来势汹汹，宋人公孙固急忙赶赴晋国求救。

这一切早在晋国的预料之中，因此，当公孙固心急如焚赶来求救之时，重耳没有显出丝毫惊讶，先轸甚至有些喜形于色，他向重耳进言："报施救患，取威定霸，于是乎在矣。"——报答子滋甫礼遇之恩，救宋国于水火之中，击败强楚，称霸诸侯，这一天终于来了！

重耳的舅舅狐偃咎犯贡献出了一条计谋："楚国刚刚得到曹国，新近又与卫国结为婚姻。如果我们出兵讨伐曹、卫，楚国必然赶来救援，那么宋的危难就迎刃而解。"咎犯此计，即是《三十六计》中的第二计"围魏救赵"。按照咎犯的设想，它不仅能解宋围，而且还可使晋军反客为主：拿下曹、卫两国，晋军的交通运输线就畅通无阻了，这对后来与楚军的决战至关重要。

重耳大喜，立即发布战前总动员，作三军，谋元帅，全力准备讨伐曹、卫，引楚国北上决战。

然而咎犯没料到，他的这一招妙计居然落空了。

诡计与博弈

地处河南、山东、江苏、安徽四省交界处的河南省商丘市，拥有一段极其久远的历史。市区内的阏伯台被当地人骄傲地宣称为商丘的起源。据说这里是史前时期商部落居住的高丘，因此得名商丘。老城区四座完整的城门和一圈宏伟的城墙早在1996年就被公布为全国重点文物保护单位，可惜它的历史仅可上溯至明朝正德年间，与春秋时期的宋国毫无关系。但走在城中，偶尔仍可遇到见多识广的老人，说书般讲起那不自量力、梦想称霸的宋襄公。

阏伯去已久，高丘临道傍。人皆有兄弟，尔独为参商。终古犹如此，而今安可量。
——高适：「宋中十首之十」

河南濮阳，春秋时期卫国古城遗址

2600多年前的某一天，正是在这片土地上，楚成王芈熊頵收到远方传来的消息：晋国出兵了！此时已是公元前632年春，《左传》记载："晋侯侵曹，晋侯伐卫。"

芈熊頵率领的联军已围宋数日，晋国忽然插手，对楚国而言不是什么好消息。

晋国的动作很快。他们首先通知卫国，晋要伐曹，而曹在卫国东边，因此晋要向卫国借道。

卫国现任国君卫成公姬郑不是三岁小孩，他明白让一个大国的军队横穿自己的国土有多么危险。而且，这个国家不仅与自己不属同一阵营，还曾有过"借道"的先例——公元前658年，重耳的老爹晋献公姬诡诸就曾向虞借道以伐虢，结果晋国不仅灭了虢，转回头来又把虞给灭了。《三十六计》第24计之"假道伐虢"即来源于此。

姬郑拒绝借道。晋也不多废话，绕道从南津（今河南淇县境内）渡黄河，过河之后，立刻拿下五鹿，并随即伐卫，将卫国置于控制之下。卫成公姬郑逃亡。

攻占卫国之后，晋军开始东进攻曹。

曹共公曹襄当年曾对重耳无礼，因此重耳也急欲报仇雪耻。曹国很快沦陷，曹襄被捉。

按照咎犯此前的设想，当晋攻曹、卫之时，围攻宋都商丘的楚军应该大举北上，解救曹、卫之难，对宋的包围自然也就解除了。然而，楚成王芈熊頵似乎早已洞悉咎犯的计谋，他对宋国的包围始终没有撤销。根据《左传》的记载，芈熊頵只在晋攻卫的时候，派出了一部分军队前往救援，见无法取胜，又迅疾撤离了。

宋围不解，而且楚国似乎还加紧了围攻的步伐，咎犯计谋落空。此时宋国又派重臣急赴晋军中请求救援，重耳眼见晋国变得如此被动，顿时陷入焦虑之中：不救宋，宋必然与晋绝交；请楚释宋围，楚又不肯；要是开打呢，又不知齐、秦是什么态度……事实上，劳师远征一心称霸的晋国此时已经没有退路，与楚必须一战，但晋国又不能先动手，因为楚成王芈熊頵曾有德于重耳，晋若先动手则为忘恩负义，恐遭天下诸侯唾弃。

怎样才能让楚国先向晋国动手呢？

这时，先轸贡献出了一条计策。此计可分两步，第一步，"使宋舍我而赂齐秦，藉之告楚"。让宋赠重金于齐国和秦国，请它们出面调解楚与宋的关系。这无疑是利用东西两大强国向楚国施压，如此一来，楚国面对的就不再是一个晋国了，而是晋、齐、秦三个大国。先轸料想楚国不会接受齐、秦的调停，反而会因此结怨。

第二步，“我执曹君，而分曹、卫之田以赐宋人”。宋本来处在被围的困境之中，晋国却偏要把曹国和卫国的部分土地赏给宋国，这对楚国而言，无疑是一种巨大的侮辱。

结果呢，“楚爱曹、卫，必不许也”，而齐、秦喜得宋之赂，又怒楚之顽固，能不打么？

然而，当这些计谋一步步缜密完成之后，等来的一个结果却是“楚成王乃引兵归”。芈熊頵不仅没有被激怒，反而表现得异常冷静。应该说，倘若此时楚军放弃围宋、打道回府，对楚和晋来说，都算是一个折中的结局：楚没有拿下宋国，又丢了曹、卫，但避开晋、齐、秦的锋芒，明年卷土重来并不算晚；晋虽解了宋围，但仅凭这一点，也不够资格称霸，如此一来，群龙无首的局面仍将继续维持下去。

一个人就在此时站了出来，把我们从假设带回既定的历史轨道。

此人就是楚将子玉。子玉见芈熊頵在重耳的步步紧逼之下居然选择退兵，当即表示反对：“大王您当年对晋君可谓仁至义尽，现在他明知楚爱曹、卫，却故意发兵侵犯之，这是对大王的蔑视啊！”

子玉希望以此激怒芈熊頵，使其下决心与晋国一战。然而芈熊頵不为所动，又搬出当年那套说辞，苦口婆心地规劝子玉勿战：“晋君流亡19年，备尝艰难险阻，最终得登王位，实乃天意。天意怎能违背？军志上说，‘允当则归’、‘知难而退’、‘有德不可敌’，指的就是现在的情形。咱们还是撤了吧！”

芈熊頵的话，除天意之说纯属扯淡，其他都不无道理，但子玉却不为所动，坚决请战：“我并非是贪功，不过想以此堵住无耻小人的嘴而已！”

芈熊頵听毕面露怒色，但最终还是答应了子玉的请求，不过，却只派给他少量的军队，即“西广、东宫与若敖之六卒”，再加上子玉原先率领围宋的人马。

这一段情节显得疑问重重：子玉为何一定要战？他所说的无耻小人是谁？芈熊頵既已发怒，为何又答应子玉的请求？最后，又为何只派给子玉少量军队？

楚王辛苦战无功，国破城荒霸业空。唯有青春花上露，至今犹泣细腰宫。——胡曾：「咏史诗·细腰宫」

子玉的困境

从某种角度上讲，子玉是城濮之战中最为关键的人物，如果没有他不惜惹怒楚王的坚持，城濮之战根本不会出现在历史中。

子玉之所以如此一意孤行，有他自己的理由。

那是楚国内部一个缠绕纠结已久的线团。

根据《左传》等史书的记载，在春秋初期，若敖氏与蔿（音尾）氏同为楚国两大权力家族。在同一政权内部，以血缘为纽带的家族权力之争从来都不绝于史。一番博弈之后，要么一方走向没落，要么双方实力同时衰落。若敖氏与蔿氏的争斗属于后者。但若敖氏很快从衰落中复苏，到楚武王芈熊通在位时，已然权倾朝野，成为芈熊通最为信任和依赖的家族。这种状况一直延续到楚成王芈熊頵在位之时。

公元前664年，在一场以权势和美女为主要目标的宫廷内乱中，若敖氏成功平乱，保住了楚成王芈熊頵的王位。作为若敖氏一族的代表，子文此时登上楚国政治舞台的核心，成为一人之下万人之上的楚国令尹。

子文是个非常厉害的人物，曾有人将他与齐国称霸时期的功臣管仲相提并论。

以子文为首的若敖氏在城濮之战前，应该已经完全把握了楚国的军政

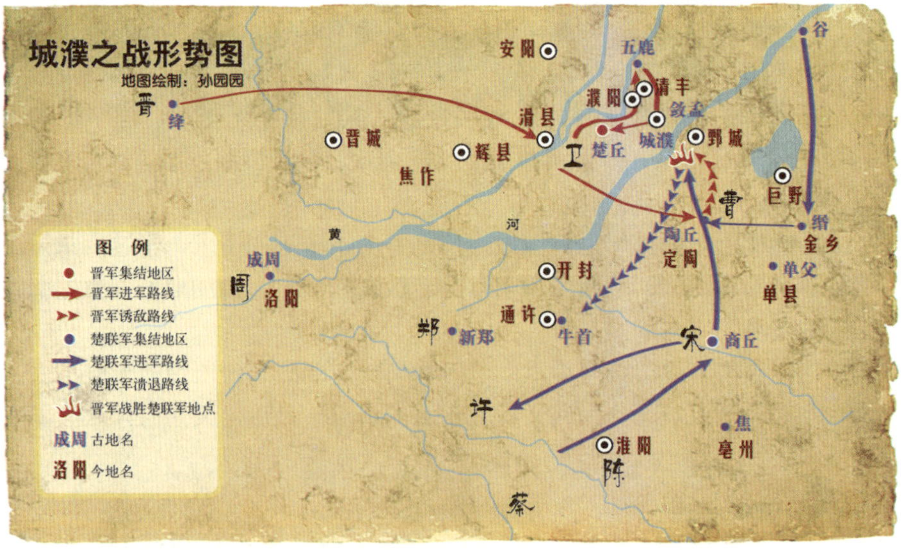

大权。这样高高在上的地位一定会受到其他家族，尤其是有宿怨的蔿氏家族的反对。

公元前637年，子文的同族子弟子玉率师伐陈，夺取了焦、夷两邑（皆在今安徽亳州）。子文以此论功，使子玉为令尹，接自己的班。

此举招致蔿氏家族的强烈不满。因为楚国当时在长江流域已经吞并小国无数，而子文居然将夺取蕞尔小国陈国的区区两邑当作大功。

蔿氏家族的不满在城濮之战前夕达到了高潮。

公元前633年，楚成王芈熊頵在起兵围宋之前，命前任令尹子文和现任令尹子玉练兵。结果子文不杀一兵一卒，一个早晨就完成了训练任务；而子玉却用了整整一天时间，其间还鞭打七人，以箭穿耳三人。

训练结束后，楚国的元老贵族们纷纷祝贺子文有眼光，举荐了子玉这样一位旷世之才。子文一听心中欢喜，当即摆酒宴请诸人。

客人中有蔿氏家族的一位少年，名蔿贾，他不仅姗姗来迟，而且态度似乎还很傲慢，没有向子文致贺。子文按捺不住，便问他为何不向自己表示祝贺。孰料这少年语出惊人："我祝贺你什么呢？当初你举荐子玉为令尹，说是要靖国。我料定子玉此战必败，这都是由你的举荐所导致。如此，有什么好祝贺呢？"

这段话估计令子文既难堪又恼火，但那少年却不肯善罢甘休，继续说道："子玉为人刚而无礼，不可以治兵。为国出征，一旦他带兵超过三百乘（约两万人），我估计他就回不来了。"

最后，这少年挑衅地反问子文："如果子玉能回来，我再来祝贺也不为迟吧？"

史书上没有记载子文听完这些话的反应，但少年蔿贾的傲慢无礼一定激怒了子文。然而子文知道，这少年是蔿氏家族派来的代表，他的话也正是蔿氏家族的心声。因此，子文不能发飙，何况对方还是个少年。

他只能寄望于子玉能够从战场上传来捷报。

这件事在子玉心中造成的恼怒可想而知，但他除了证明自己之外别无他途。因此，当楚成王芈熊頵主动撤离，并要求子玉也马上撤离的时候，子玉坚决请战，他的理由充满了个人情绪：要堵住那些在背后说三道四之人的嘴！

芈熊頵岂能不知子玉的真实用意。若敖氏与蔿氏的权力之争由来已久，而若敖氏独大，对王位已然构成威胁。因此，芈熊頵虽然恼怒子玉的抗命不遵，但同时也打起了小算盘——齐、秦现在无疑已经和晋国站到了

骊姬北原上，闭骨已千秋。浍水日东注，恶名终不流。献公恣耽惑，视子如仇雠。此事成蔓草，我来逢古丘。蛾眉山月苦，蝉鬓野云愁。欲吊二公子，横汾无轻舟。

——岑参：「骊姬墓下作」

同一阵线，带着情绪的子玉和他们打，败率远高于胜算；子玉若败，若敖氏的势力将受到沉重打击，而且极有可能一蹶不振，这对于芈熊頵的王权来说，只有好处。

最终，芈熊頵答应了子玉的请求，但“少与之师”。如此一来，即便子玉战败，所损失的兵力也以若敖氏为主，对芈熊頵来说，损失并不大。

得到允诺的子玉随即调整了作战策略。

蔿贾口中“刚而无礼”的子玉表现出谋略高超的一面，他派使者宛春前往晋军，请晋让曹、卫复国，然后楚国也将撤销对宋的包围。

子玉这步棋十分高明：重耳出兵的口号是“报施救患”，目的是释宋围而不是攻打楚国，如果子玉解了宋围，晋国就出师无名；曹、卫复国，依然可以是楚的附属国；子玉不战而使晋国退兵，基本算是一个理想的结局，楚国内的蔿氏家族因此也只能闭嘴。

这步棋使子玉在所谓“礼”、国家利益乃至家族利益、个人利益各方面都占据了极其有利的位置。但他没有料到，为了称霸，晋已经到了不择手段的地步。

退避三舍，诱敌城濮

楚国使者宛春带来的消息在晋军内部引起了激烈争论，最后依然是先轸的谋略获得了重耳的信任。

先轸认为，子玉一言可使三国安定，如果晋国不许，就是无礼，“我则无礼，何以战乎”？因此，不如私下答应曹、卫复国，以离间它们与楚国的关系，同时囚禁宛春以激怒子玉，这样子玉一定会发兵攻晋。

使者被拘，曹、卫又断绝了外交关系，子玉大怒，立即将围宋的部队撤出，转为攻打晋军。先轸两次三番的计谋，终于把楚军诱入了晋军设定的圈套。

此时晋军的主力正在曹都陶丘（今山东定陶）。曹国为西周初年周文王姬昌第六子曹叔振铎的封国，如今定陶县城西北的仿山墓群就是古曹国贵族的墓地所在。空旷的平原上，只这一处巨大但低矮的土丘横卧，倒也不失为景观之一种。

自河南商丘至山东定陶，直线距离大约八九十公里。子玉大军北上，只消两三天功夫即可抵达。但当他到达陶丘时，晋军却主动向北方退却，而且一退便是三舍（合90里），著名成语“退避三舍”即来源于此。

表面看来，晋军退却是要实践重耳当年对楚成王芈熊頵的承诺，实际上却是有意诱敌深入。在90里之外的城濮（卫地，在今山东鄄城），晋、宋、齐、秦的联军早已等候在那里，那是晋军预先设定的主战场。而且，正如咎犯所说，“君退，臣犯，曲在彼矣”。

这一退，晋军不仅取得了地理地形的优势，还占据了道德高点。

双方在城濮之地摆开了阵势。楚军背靠丘陵，据险扎营。

重耳此时再度显露出胆小多虑、犹豫不决的老毛病。咎犯见状赶紧给他打气：“战吧，一战而捷，霸业可成。就算败了，晋国表里山河，也没什么可担心的！”重耳说：“可是楚对我有恩啊。”栾枝忙劝道：“大王您知道，汉水之北的姬姓诸国，已被楚国灭尽，这是耻辱啊。思小惠而忘大耻，不如大战一场！”

入夜，忧心忡忡的重耳做了一个噩梦，梦见自己与芈熊頵搏斗，结果被芈熊頵压在身下，而且大嚼自己的脑子。第二天一早，咎犯听说此事，前来给重耳解梦：“这是吉兆啊：大王您仰卧向天，可得天助；楚子俯身向下，乃认罪之状。”听完这番拍马的怪论，重耳惊恐之心稍安。

公元前632年四月的这天早晨，咎犯等人期待已久的城濮大战终于开始。那时，北方的春天已近尾声，一片深绿的旷野上，是决战之前杀气重重的沉寂。

由于史料匮乏，双方具体兵力多少已不可确证，但应该相差无几，各

山东鄄城，城濮之战遗址所在

约5～7万人。晋军一方，除晋军外，还包括齐、宋、秦同盟军；楚军，则包括了陈、蔡等同盟军。因此，城濮之役堪称春秋时期的一场国际大战。

双方的排兵布阵可谓针锋相对。楚军按照常规分为左、中、右三军，子西将左，子上将右，主帅子玉自领中军。其中楚右军主要由陈、蔡两国军队组成。

晋军方面，则早在出兵伐曹、卫之前已然将传统的二军模式改为上、中、下三军。

在城濮战场上，晋国三军将领配置如下：狐毛将上军，咎犯佐之；先轸将中军，郤溱佐之；栾枝将下军，胥臣佐之。按照杨伯峻先生在《春秋左传注》中的分析，晋军是以中军对楚中军，以上军对楚左军，至于下军将佐则各有其职：栾枝负责引诱子玉，胥臣负责攻击楚右军。

死亡一般沉寂的旷野上忽然鼓声大作，子玉大叫："今日必无晋矣！"

这声呐喊既是对胜利的渴望，也是对无数日夜以来心头郁闷的宣泄。

首先交手的是楚右军与晋下军。楚右军的主力是陈、蔡联军，相比楚国本土士兵，战斗力逊色不少，晋军之所以首先攻击楚右军，实际上就是要从这里撕开缺口，打破对方的阵型。胥臣让晋军将士给马蒙上虎皮，向陈、蔡军士猛冲过去。楚右军随即崩溃。

与此同时，主要由申、息地方兵士组成的楚左军正在向晋上军发动猛烈攻击。狐毛令晋上军全员后撤，楚将子西以为晋军胆怯逃跑，下令全速追击。子西没料到这是一个巨大的陷阱：当他的军队完全进入晋上军原来的所在时，原本岿然不动的晋中军忽然急速横向移动，攻击楚左军侧翼；正在"逃跑"的晋上军也转头杀回，分两路夹攻楚军。楚左军大败。

坐镇中军的主帅子玉见左右两翼全折，心知大势已去，急令中军收兵，狼狈撤离战场。

2600多年后的我们无从得知子玉当时的心情，或许他满腔愤恨和屈辱，心灰意冷；或许还有心重整旗鼓、东山再起；或许他还想到当年若一刀要了重耳的命，何来今日之辱？

但使者带来了楚成王芈熊頵的责问："申、息两邑的子弟全部战死，你有何面目重见他们的父老？"

走到连谷（今地不详）地方，万念俱灰的子玉自杀谢罪。据说稍后芈熊頵的使者又急速赶来，令子玉"毋死"，但已经来不及了。没人知道芈熊頵是真的后悔了，还是仅仅做个样子而已。

城濮之战，是谋略与诡计的胜利。人尝以为春秋前期打仗讲究“军礼”，尊崇所谓“以礼为固，以仁为胜”，重耳和他的贤臣们用实际行动粉碎了这种神话，证明利益是国与国战争的根本动机，阴谋诡计是取胜的必要法宝。

城濮之战后一个月，周襄王姬郑正式授命重耳为侯伯，晋国霸主时代开始。

重耳采取了一系列行动炫耀自己的威风，其中包括接受楚国、郑国的请盟（算是报了郑文公姬捷不礼之辱），复卫侯返国等等。冬天的时候，他与诸侯大会于温，并召周襄王姬郑与会。孔子后来读史至此，颇为不满：“哪有诸侯召王的！”于是他老人家所作的《春秋》上就避讳成了“天王狩于河阳”。

楚国虽败，但损失并不大。晋国暂时阻止了楚人北上的步伐，但楚国在南方的霸权却稳如磐石。风水轮流转，20年后，晋国再度内乱，楚庄王芈侣抓住机遇，又把触角深入中原，正式称霸，而他“问鼎中原”的经典故事更是成为周王室和中原诸侯心中长久的隐痛。

九牧金熔物像成，辞昏去乱祚休明。兴亡在德不在鼎，楚子何劳问重轻。

——周昙：「春秋战国门·王孙满」

肆

马陵之战

复仇与大转折

山东郯城，马陵山下的村庄

河南省淇县，殷商时称朝歌，一度是纣王子辛的花花世界。

县城西南30里，有山名曰云梦，仅只名字就令人浮想联翩。每当四五月间，人间芳菲已尽，这里却群芳吐蕊，宛然世外。云梦山虽然海拔平平，但一大特色是山顶宽阔平坦，芳草萋萋，有“云梦大草原”之誉。2009年夏天我登上云梦山，目的却并非要欣赏所谓草原美景，而是要看看它为何被称为“中华第一古军校”。

相比这个披着旅游宣传外衣的粗糙名号，我更喜欢它的另一个称谓“战国军庠（音祥）”——庠，古代的学校。

根据某些无从确证的说法，东周时期的某段时间，一位旷世奇人开始在云梦山开课授徒。此人被称为鬼谷子，名姓无法确知，有人说其真名叫王诩、王蝉之类，但通通不可靠。据说鬼谷子收徒不问出身来路，有人来拜便收，既授兵法，又授纵横之术、阴阳五行等等，极为庞杂。这些学生中比较出名的有苏秦和张仪（纵横家）、毛遂（成语毛遂自荐的主人公）、孙膑和庞涓（军事家）。最后两位正是本文的主人公。

公元前4世纪前期的某一天，两位主人公的一位——庞涓学成出师，前往轰轰烈烈的大时代谋求千古功业。历史演义小说《东周列国志》十分煽情地描述了孙膑送庞涓下山的场面，庞涓涕泗横流地向孙膑许诺：倘富贵，必不相忘！一定要把孙膑举荐出山，否则“必死万箭之下”。

随着军事家庞涓来到魏国首都大梁（今河南开封），并成为魏国大元帅的脚步，本文叙述也从演义进入了历史。一段关于友情、背叛、战争与复仇的经典历史大剧缓缓拉开帷幕，在国与国之间的残酷利益博弈中，人性的黑暗、坚忍淋漓尽致地展现出来。

从同窗到仇敌

关于孙膑与庞涓的生平，即便在相对比较详细的《史记》之中，也不过寥寥几笔。

司马迁是在《史记·孙子吴起列传》中捎带提到孙膑的：他是春秋时期著名军事家、《孙子兵法》作者孙武的后世子孙，生于阿、鄄之间，属齐国。对于这个有些模糊的地点，比较公认的说法是在今山东省菏泽北部，有人更指出其确切地点在今菏泽市鄄城县孙老家村。

我在黄昏来到这个村庄时，村民们尚在田间劳作，“村村通”的公路上晒满了收获的玉米和花生。相比鄄城的其他村庄，孙老家村的公路十分宽阔，当地人说，如果不是因为此处是孙膑故里，县里也不会把路修这么宽。村中的孙氏祠堂，空寂无人，推门进去，几通历代碑刻宣示着孙氏祖上的荣光。

一门两位军事大家，确属罕见。

村外，空旷田野上，秋收后的土地已经翻过，四处飘着淡淡的烟。

大约在公元前4世纪初，孙膑出生在这片孙姓聚集之地。那是中国历史上一个大时代——战国时代的前期。孙膑应该是在这个世纪前30年的某个时间，开始拜师学习兵法，算是对祖先事业遥远的继承。司马迁没有提及孙膑的老师是谁，但“阿鄄之间”与传说中鬼谷子所在的淇县云梦山，地域上十分接近，他前往求学的可能性的确很大。

正是在学习兵法的时候，孙膑结识了同窗庞涓。这个人后来在孙膑一生中扮演了最为“重要”的角色，后世的人们只要提及孙膑，就必然会想到庞涓，他们成了可以互相参照的两个人。可惜，庞涓的简历模糊至极，司马迁甚至连他出生在哪里都没说，但后世多认为庞涓乃魏国人。

就在他们同窗苦读的那些年，中原大地上已经发生了巨大的变化。

公元前4世纪开始不久，周天子治下的三个重要封国齐、晋、郑先后灭亡。

原本属于姜氏的齐国被田氏鸠占雀巢；

曾经威风八面的晋国一分为三，魏、赵、韩瓜分了原本属于晋国的土地，其都城后来分别迁到了大梁、邯郸（今河北邯郸）、新郑（今河南新郑）；

位居中原之中的郑国则在晋国灭亡的第二年，即公元前375年，被新兴的韩国灭掉。

一番折腾，到了公元前4世纪中期之后，曾经诸侯林立的版图上，只剩下楚、齐、魏、宋、秦、韩、赵、燕等几个大国，其他苟延残喘的小国如卫、鲁、邹、滕等已经不值一提，成为彻底的陪衬。

在这几个大国中，魏国最早脱颖而出，成为战国前期的超级强国。其势力之盛，以至于东方大国齐国必须仰赖它的帮助，才能成为合法诸侯。田和从姜太公的后人手中夺取齐国政权后，即向魏武侯魏击“请为诸侯”。魏击则派使臣言及周天子姬骄和各诸侯国，请立田和为诸侯。姬骄当然无条件答应，诸侯也无人反对。

田氏齐国之立，受惠于魏国，二者本可成为友好联盟，但在不久之后却反目成仇，大打出手，不得不让人慨叹：国家之间没有永恒的朋友，只有永恒的利益之争。

公元前371年，魏武侯魏击去世，太子魏罃嗣位。

魏罃在位时间很长，一直到公元前319年。在这漫长的50多年间，魏国与周边诸国发生了无数次战争，其中有两次一定让他没齿难忘——公元前353年的桂陵之战和公元前341年的马陵之战。在这两次战争中，他的对手都是曾经向自己俯首的齐国，而双方的指挥官则分别是庞涓和孙膑。

在《东周列国志》的想象性叙述中，庞涓是在一个炎炎夏日来到魏国的。胸怀大志的年轻军事家庞涓，之所以选择魏国作为施展抱负之地，不外乎三条理由：其一，魏国是自己的祖国；其二，诸国之中，魏国最为强盛，到那里工作是个“高起点”；其三，当时魏罃即位不久，求贤若渴，庞涓自负自己的才华可以谋得一个不错的职位。

果然，魏罃对庞涓大为赏识，他毫不费力地成为魏国的大将军。这件事从另一个角度表明，曾经壁垒森严的等级制在此时已经被打破，平民布衣可以凭借自己的才华获取权势。

几乎在一夜之间平步青云，但庞涓似乎并没有陷入狂喜之中，他很快就想到了自己的同窗孙膑。庞涓深知自己才华不及孙膑，倘若有朝一日孙膑学成下山，为别国所用，必成魏国心头之患，于是遣使邀孙膑入魏。站在魏国国家利益的角度，庞涓此举很是高明，而且他举荐孙膑很可能是诚心诚意的。

但是可以想象，名门之后而且才华出众的孙膑一定受到了魏罃的隆重接待，并且委以重任。这让庞涓的心理逐渐起了变化，他开始担心孙膑的地位会超过自己。

权势的魔力激烈地冲撞庞涓的内心，人性中黑暗的一面被释放了出

坠叶萧萧九月天，驱兵独过马陵前。路傍古木虫书处，记得将军破敌年。——胡曾：「咏史诗·马陵」

山东鄄城，孙膑故里

来，他决定采取措施，使孙膑永远失去这样的机会——他用计策诬陷孙膑有罪，然后动用酷刑，挖掉了孙膑的膝盖。

这种残酷刑罚，古称“膑”，孙膑的名字即来源于此，至于其真名，早已被史官们忽略而不可考了。

孙膑成为废人，背上“刑徒”之名，在当时的时代背景下，已经没有进入仕途的可能。庞涓费尽心机，但并没有要孙膑的命，一方面是他觉得这样已经够了；另一方面，可能是其内心善的一面悄悄提醒了他：无论如何，孙膑毕竟是同窗啊。

但事已至此，同窗情谊已尽，二人转眼成仇。当孙膑从惨痛和屈辱中缓过神来，明白自己如此惨境全系庞涓所为之时，悲愤与怒火同时涌上心头，然后，随着黯淡时光的推进，慢慢转化成复仇的欲望。

没有被大难摧毁的孙膑，在深不可测的苦痛中，开始谋划复仇大业。

孙膑赛马

逃离魏国，成为孙膑周密计划的第一步。但是，该逃往哪个国家呢？

在孙膑的计划中，这个国家必须是个一等强国，如此自己才有可能获得必要的保护，然后再图谋击败强大的魏国，诛杀魏将庞涓。

环视中原诸国，只有一个国家最合适，那就是孙膑的祖国齐国。

当时，齐国国君正是历史上有名的齐威王田因齐，他于公元前359年即位，至公元前320年去世，在位时间也很长。

起初，田因齐干得并不怎么样，“诸侯并伐，国人不治”。但后来他雷厉风行采取改革措施，重用贤才，广纳谏议，使得齐国大治。田因齐整顿吏治完毕，随即起兵西击赵、卫，以报此前侵齐掠地之仇；不仅如此，他还向强国魏国动手，败魏于浊泽（在今山西运城境内），并围困魏惠王魏罃。此番主动出击大获全胜：魏国献地求和，赵国归还齐长城——“诸侯闻之，莫敢致兵于齐二十年”。

选定目的地之后，孙膑开始考虑如何逃离魏国，前往齐国。

自魏国都城大梁至齐都临淄，如今铁路公路都很发达，所需不过几个小时，在当时却是一段非常遥远而且艰难的路途，对于正常人来说都不算易事，何况孙膑此时身残，双腿无法行走。但祸福相因，孙膑身残之后，庞涓渐渐对其放松了警惕，不再派人严加看管，任由他随处活动去了——一个无法走路的人，还能构成什么威胁呢？孙膑却并未掉以轻心，他愈加谨慎，不让庞涓产生任何怀疑。《东周列国志》极尽演义之能事，说孙膑装疯卖傻，爬行街头，随处卧宿，甚至吞食粪便。

孙膑在耐心地等待时机，而这个时机终于来了。某一天，东方齐国的使者来到魏都大梁，孙膑以刑徒的身份偷偷见到了齐使，将自己的情况前前后后如实相告，其间应该还畅谈了自己对国际形势的分析判断。齐使见孙膑虽然身体残疾，遍体污浊不堪，但思维敏捷，出口不凡，大为惊奇。

返国之时，齐使将孙膑藏在车中，悄悄载至齐国都城临淄。

至此，孙膑完成了自己计划的第一步。下一步，他的目标是接近齐威王田因齐，进入齐国的决策层。对于“刑徒”孙膑来说，这几乎是个不可实现的目标；但对于“军事家”孙膑来说，所需要的不过是另一个时机。

孙膑很幸运，初到齐国，他就得到了齐国大将田忌的赏识，并成为其门客。

当时，齐国上层流行赛马，不仅田忌这样的高官以及其他贵族公子热衷参与，有时齐威王田因齐也参与其中——从某种角度来说，这可以算作贵族们交往的一个俱乐部。孙膑觉得时机来了，于是在一次有田因齐参加的赛马会上，他让田忌下一个大赌注，并保证一定能赢。田忌大概有些忐忑，但见孙膑胸有成竹的样子，便与田因齐及贵族子弟们赌以千金。

到了赛场上，孙膑让田忌以下等马对对方的上等马，上等马对对方的中等马，中等马则对对方的下等马。结果田忌负一胜二，赢得千金。这个著名故事在小学课本中被称为“田忌赛马”，实际上应该称之为“孙膑赛马”。

或许此前田忌输多赢少之故，此番大胜令齐威王田因齐十分惊诧。田

曾嫌胜己害贤人，钻火明知速自焚。断足尔能行不足，逢君谁肯不酬君。
——周昙：「春秋战国门・孙膑」

忌于是将孙膑举荐给了田因齐。了解了孙膑的背景之后，田因齐便问以兵法，结果没谈多久就惊为天人，“遂以为师”。在《孙膑兵法》中，有不少关于孙膑与田因齐对话的记载，其中《威王问》一篇，二人相谈十分深入，孙膑的才学令田因齐叹服。

随着第二步目标的顺利实现，孙膑的复仇大业已是万事俱备，只欠东风——与魏国大战的时机。

以孙膑的眼光，他早已洞悉当时国际关系的本质，料定作为传统大国的齐国绝不甘心居于魏国之下，双方一定会有战事发生。如前所述，魏国在战国前期一跃成为霸主，并随时准备四处扩张，这必然损害了另外几个大国如秦、楚、齐的利益。三国之中，齐国与魏国地理位置最为接近，因此双方矛盾表现得最为突出。

公元前356年，为了摆脱魏国的霸权控制，齐威王田因齐与赵成侯赵种、宋君子剔成会于平陆（今山东汶上），互相结为友好。

这次会盟意图明显，令魏惠王魏罃大为不满。

两年后的公元前354年，同样有霸业之图的赵国，突然出兵攻打中原小国卫国，迫使其屈服称臣。此时卫国属魏的附属国，赵国此举无疑是对魏国的公然挑衅。魏罃于是抓住时机，以保护卫国为由，派兵包围了赵国的大城邯郸（此时赵国都城尚在晋阳，即今山西太原），统领大军的元帅正是孙膑的老同学庞涓。

魏罃的目的十分明确，一定要拿下邯郸，给自不量力的赵国一个教训。眼见情势危急，赵国立即遣使向友好盟国齐国求援。

根据司马迁在《史记·田敬仲完世家》的记载，齐威王田因齐随即召开了一个高层会议，讨论是否发兵救赵。丞相邹忌主张不救，但大臣段干朋力主救赵，因为不救则失信于盟友，是为不义；而且邯郸失陷，对齐国也不利。但他同时又提出，倘若直接发兵邯郸，则赵国不会有什么大的损失，魏国的实力也不会有所消耗，从长远来看，于齐国不利。因此，段干朋主张，先派少量部队攻打魏国的襄陵（在今河南省睢县），以牵制魏军；待魏军攻克邯郸，魏、赵双方都疲惫不堪的时候，再派大军正面攻击魏军。此计一石三鸟，可谓高明。

但是司马迁的这个记载很值得怀疑。其一，这次会议，似乎孙膑没有参加，以齐威王田因齐对孙膑的信任，不该如此；其二，从此后的事态发展看，齐军并没有攻击襄陵；其三，13年后，马陵之战爆发前夕，田因齐又召开了一次同样的会议，虽然段干朋换成了孙膑，但其中人物对话与此

次会议几乎完全相同。因此，公元前354年的这次会议很可能是司马迁记载有误。

公元前353年，齐威王田因齐以田忌为元帅、孙膑为军师，率军直入魏境。孙膑期盼已久的复仇时刻来了。

桂陵谜题

大将田忌打算直接引兵邯郸，与魏军正面决战，但被孙膑否决了。孙膑所提策略，与前述段干朋的说法几乎一致，就是攻打魏国，牵制邯郸的魏军，然后待魏军疲敝之后再伺机而战。只不过，孙膑要佯攻的地方不是襄陵，而是魏都大梁。

这就是著名的“围魏救赵”。

前方战场上，阴云密布，双方一番旷日持久的苦战后，庞涓所率魏军终于攻克邯郸。还未及休整，忽然传来消息：齐军正在攻打大梁的路上。此时魏国精兵锐卒俱在邯郸，庞涓不敢疏忽，立即回师救援，在桂陵（今山东省菏泽北部，一说在河南省长垣县）与齐军相遇。不难想象，一支刚经历过大战和长途急行军的疲惫之师，显然不是准备充分、以逸待劳之齐军的对手——齐“大破梁军（即魏军）”。

值得一提的是，《史记》、《战国策》、《竹书纪年》等书，对于桂陵之战的过程记载颇不相同，甚至《史记》本身在不同篇目中的记载也有很多矛盾之处。但它们有一个共同点，就是均未提及庞涓在桂陵之战的结局。

倒是1972年出土于山东临沂银雀山的汉简《孙膑兵法》给了一个说法——《禽庞涓》一篇记载说，庞涓被活捉了。

不仅如此，此篇还为桂陵之战提供了另一种更详细的说法：庞涓将兵八万围攻邯郸，田忌也带了八万精兵前往救援。孙膑建议田忌去攻打魏国的平陵（据说在今山东曹县），而平陵城小县大，人众甲兵盛，不仅不易攻取，而且运粮困难——之所以采取如此策略，孙膑的目的是迷惑庞涓，让庞涓觉得齐军统帅十分愚蠢。然后，孙膑又专门挑选了两名“不识事”的将领去攻打平陵，并顺理成章地失败了。紧接着，孙膑又让田忌派轻车散卒赶到魏都大梁，故作随意散漫，摆出要进攻的样子，以激怒庞涓。庞涓不知是计，丢弃辎重，日夜兼程赶回救援。结果魏军在桂陵大败，庞涓也被生擒活捉。

《孙膑兵法》被公认为是孙膑（或其弟子）所作，其真实性相对较高。《禽庞涓》中，孙膑将其军事家的风采发挥得淋漓尽致，令人叹服。但最大的疑问是：庞涓果真被活捉了么？无疑，孙膑对庞涓怀着刻骨之恨；而且，根据孙膑的军事理念，庞涓倘若真的在桂陵被孙膑捉住，应该难逃一死。

但是，如果《禽庞涓》的说法属实的话，一个大问题出现了——12年后，齐魏双方再次开战，庞涓又出现在了战场上，而且身份依然是魏军统帅。这就是后面将要讲述的中国古代著名战例——马陵之战。

正是因为上述矛盾，有人认为庞涓就死于桂陵之战，其后的马陵之战根本不存在；或者是司马迁从桂陵之战中误分出来的，实际上两次战争本是一回事。但这个说法基本属于猜测，是一种简单化的处理方式。关于马陵之战，《竹书纪年》、《战国策》、《史记》等书均见记载，而且《竹书纪年》系魏国编年史，对于魏国历史的记载最为可信，因此不容置疑。

追究起来，庞涓在桂陵之战的结局只有两种可能：其一，桂陵一战，魏军虽败，但庞涓成功脱逃；其二，庞涓被捉，但随后又被齐国放回。

综合来看，庞涓应该是逃脱了。至于《孙膑兵法·禽庞涓》的记载，只能存疑。况且《孙膑兵法》出土时即为残简，其中甚至只字未提马陵之战。

庞涓得脱，但魏遭受重创，国势由盛而衰。齐国则声威大振，取代魏国，成为最强大的国家。

魏国虽然走了下坡路，但瘦死的骆驼比马大，它很快在短时间内部分恢复了实力，然后及时调整了外交战略：公元前351年，魏惠王魏罃主动将邯郸归还赵国，并与赵成侯赵种结盟于漳水之上；公元前350年，魏国在攻取秦国的定阳（今陕西延安东）后，与秦孝公嬴渠梁在彤（今陕西华县西南）讲和会盟……

必须一提的是，在此期间，远在西部的秦国经过商鞅变法，国势骤强，渐渐生出向东扩张的野心——战国时代的历史在此时开始悄悄出现巨大的转折。

正是这个变法的商鞅，在魏罃处心积虑恢复国力的某一年，来到了大梁。商鞅向魏罃贡献了一条计策，魏罃欣然接受。他不会想到，这条看起来华丽无比的计策竟然会给魏国带来巨大的灾难。而这一切，早在商鞅预料之中。

孙膑伏兵称有法，庞涓钻火一何愚。兵家诡诈尽如此，利害令人自不殊。
——邵雍：「孙庞二将」

商鞅的阴谋

商鞅从秦国远道带来的这条计策，实际上非常简单，就是让魏罃称王。

这位著名的改革家同时也是一位出色的谋略大师，他明白，秦孝公嬴渠梁虽然与魏国在公元前350年结盟，但那是被迫的，在内心深处，嬴渠梁依然对魏国有所忌惮。于是，商鞅自告奋勇，前往大梁游说魏罃。

《战国策·齐策五》详细记载了商鞅对魏罃的游说之辞：“大王您功高盖世，令行于天下矣。但如今追随您的都是些什么国家呢？不过是邹、鲁、陈、蔡之类小国，如此不足以王天下。大王应该北取燕、东伐齐，这样赵国就不敢不服；再西取秦、南伐楚，则韩国自然听命。您有了讨伐齐、楚之心，夺取天下之志，则王业可成。大王您不如先行王服，然后图齐、楚。”

魏罃听毕大悦，“故身广公宫，制丹衣柱，建九斿，从七星之旟”。这是天子才能享有的待遇，而魏罃居然全盘照搬过来，结果可想而知。

齐、楚大怒，中原诸侯迅速聚拢到齐国的大旗之下。

商鞅此计一箭双雕，既消除了魏对秦的敌意，又让东部国家陷入彼此

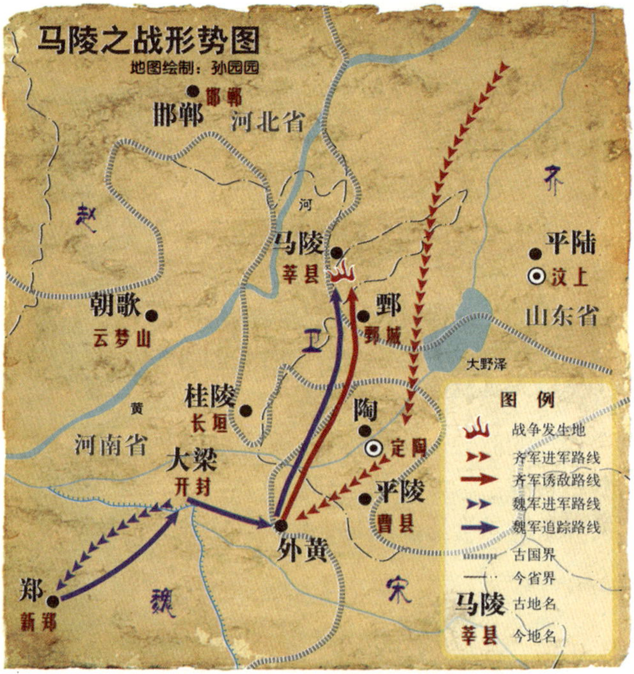

消耗的争斗，其强大影响力甚至左右了历史的走向。而对于孙膑来说，这条看似与他不相关的计策，却使他终极复仇的时刻提前到来。

公元前341年，魏罃举兵攻韩，理由是韩国没有参加他在公元前344年召集的逢泽（在今河南省开封市南）之会。事实上，当时的大国基本都没有与会，魏罃之所以独向韩国开刀，不过是因为韩国离魏国最近，而且相对较弱，他这是杀鸡儆猴。

大敌压境，韩国立即遣使向齐国求救，历史开始令人惊奇地重演。

齐威王田因齐照例召开高层会议，他有了桂陵之战的经验，不再讨论救与不救，而是直接问："早救还是晚救？"美男子邹忌依然说不救，田忌则说要早救。这两"忌"同朝为官，但彼此不合，邹忌曾几次欲置田忌于死地。此时孙膑提出了自己的观点：晚救。理由与桂陵之战一样，等到魏、韩双方都打得筋疲力尽之时，再出兵攻魏，如此既可挫败魏国，也会令韩国感激不尽。

一切都像桂陵之战一样，按照齐国的设想进行着。等到韩国五战不胜，心急如焚地表示"委国于齐"之时，齐国的大军才不慌不忙地出发了。田忌、田婴为将，孙膑为军师，依然坐在他的辎车中，有如后世的诸葛亮。

而且，他们采取的策略依然是直捣大梁，只不过"围魏救赵"变成了"围魏救韩"。

齐国故伎重演的消息传到大梁，魏罃怒不可遏，对他来说，这无疑是一种耻辱。于是，他立即命攻韩的军队归国，准备与齐军来一场大决战，以报桂陵惨败之仇。

魏韩之战迅速演变成了魏齐之战。

这一次，魏军人数达到十万，庞涓为将，太子魏申为上将。魏罃大有毕其功于一役的气势。

孙膑深知此次交锋与桂陵之战不可相提并论，再采取阻击战的方式举兵迎击，齐军很可能会失败。他向田忌分析道："魏军以凶悍勇猛著称，素来轻视齐军，我们应该抓住魏军的心理，巧加利用。兵法上说：'百里急行军而与敌争利者，可能折损上将军；五十里急行军而与敌争利者，将有一半士兵掉队'。"

孙膑据此定下"减灶之计"：双方军队甫一接触，齐军就立即后撤。第一天，挖十万人煮饭的灶，第二天减为五万灶，第三天更减少至三万灶。孙膑希望以此给魏军造成齐军士兵大量逃亡的迹象，以诱使庞涓急速追赶。

遗书今羽化，传者匪真书。此老纵横祖，仪秦得绪馀。
——刘克庄：「杂咏一百首·鬼谷子」

庞涓追击了三天后，发现齐军只剩三万灶，不由大喜：“我早就知道齐军胆小，果不其然，入我国境三日，士兵已经逃亡一大半了！”于是下令丢下步兵和辎重，只率领少部分精锐骑兵，日夜兼程追赶齐军。

上将军太子魏申应该留在了后面，而且他可能也乐于如此。

大军行至外黄，一位被称为徐子的人向魏申进言：“您亲自率师伐齐，即使大胜并占领莒地（今山东省莒县，当时在齐国东南），富不过拥有魏国，贵也不过是成为魏王。可一旦失败了，则万世无魏了啊。”魏申闻听此言，心中忐忑，打算还师。徐子说：“恐怕您现在想回也回不去了，国内许多人都盼着从您出征这件事中获利呢。”为魏申驾车的人也说：“将军刚领兵出来，就立即返回，跟失败是没有区别的。”言下之意，回去就要受重罚。

魏申无奈，硬着头皮继续前进。正在郁闷之时，庞涓忽然派人来报：他将亲率轻装精锐之骑兵，昼夜兼程追赶齐师。魏申无话，任由庞涓率骑疾驰而去。

前面，当辎车中的齐国军师孙膑得知庞涓的行动，大约有一丝暗喜轻轻掠过心头：庞涓果然中计了……他看看天色，算了算路程，心想，当夜幕徐徐降临之时，庞涓的骑兵就该赶到马陵了，而马陵道路狭窄，旁多阻碍，正是设伏的绝佳之地。

一张大网在马陵道上悄悄张开。

夜幕下的马陵道

2009年秋天，我在山东省临沂市银雀山汉简博物馆，看到了大名鼎鼎的《孙膑兵法》竹简。银雀山汉墓发掘于1972年，在此之前，有许多学者认为《孙膑兵法》根本不存在，而孙武和孙膑本是一人。《孙膑兵法》的出土，一举解决了诸多历史疑问，也证明《史记》对孙膑的记载当为信史。

《孙膑兵法》竹简还把一个地点捧出了水面，这就是距临沂不足一百公里的郯城马陵山。

明万历十六年刻本《沂州志》云：“马陵山在（沂）州东九十里，与郯城接……齐战魏，孙子（即孙膑）胜庞涓于此。”这是最早将郯城马陵山定为马陵战址的记载。此说在1992年9月临沂市举行的《孙膑兵法》暨马陵之战学术讨论会上得到强调。

但这个说法遭到许多人的反对，因为自晋代以来，历史研究者普遍认为马陵之战发生在“濮州鄄城东北六十里”（今属山东省莘县），当时为齐、魏两国交界处。春秋之际著名的城濮之战也发生在那一带。

从银雀山汉简博物馆出来，我直接赶往郯城马陵山。马陵山虽然绵延很长，但被指为马陵战址的地点并不算广阔。那是一条狭窄的山谷，山谷尽头，一处平整的台地上竖了几块当代人刻的石碑，注明此处即是马陵之战发生地。一位名叫孙传璞的八旬老人常年守候在石碑旁，等候为偶然前来的旅行者讲述马陵之战的历史。

我耐心听他讲了半个小时，并为此付出20元的讲解费。可惜，他所讲内容不出民间故事和《东周列国志演义》的路子。我问他，有什么理由认为马陵之战发生在这里？他说，《孙膑兵法》上记载，孙膑击败庞涓的地方是“隘塞死地”，“庞涓谷”就是这样。

“隘塞死地”之说出于《孙膑兵法·陈忌问垒》，系孙膑向田忌讲述所以击败庞涓的地理因素。

那天下午，我在山中走了两个多小时，发现老人所谓的“庞涓谷”是一道狭窄山谷，山也并不高，虽可谓“死地”，但显然不适合选作大规模战斗的地方。

持“郯城说”的人们另有理由。其一，太子魏申率师过外黄时，徐子曾提及“伐齐并莒”，而莒在郯城东北100多公里，地域相近；持此说者

郯城马陵山，独龙涧

还由此绘出了一个魏军行进路线图：大梁——外黄——睢阳（在今河南商丘）——彭城（今江苏徐州）——邳（今江苏邳州）——郯城。其二，此地曾陆续出土许多战国时期的兵器，其中一件带铭文的“郤氏戈”，李学勤先生考证认为属战国时期魏国兵器（黄宝先《马陵战址莘县说与郯城说之比较》）。其三，当地流传有不少有关马陵之战的故事，许多地名也与马陵之战有联系。

相比之下，莘县并没有相关兵器文物出土，但也有大量民间故事和地名显示出它与马陵之战的关系——莘县马陵之战纪念馆就建在马陵村。

从临沂郯城到聊城莘县，大约400公里。当我赶到莘县马陵村时，人们正在田间劳动。这个村庄街巷纵横交错，如果没有人指点，很容易迷路，村人称之为“迷魂阵”，这显然是有意往马陵之战的历史事件上靠，并不可信。从古至今，黄河多次改道，莘县一带地形地貌早就不复当初，即便当年孙膑摆过所谓“迷魂阵”，也已经淤埋在厚厚的泥沙之下。

许多人认为莘县一片大平原，不具备打伏击战的条件，但在古代，这里却土丘起伏，时有大沟壑，只不过后来黄河改道，泥沙淤积之下，才逐渐变得平缓。这种跨越两千多年的地理变迁，因为有了黄河的参与，很容易理解。

马陵之战时孙膑佯退，必然会选择他熟悉的地形，莘县距他老家不过几十里，他心中有数；但几百公里外的郯城，他并不熟悉，临时选择一个陌生地点设伏，应该不是他这样一位军事家的作为。况且，疯狂追击的庞涓，所率领的只是部分骑兵，伏击他们不需要高山峻岭，密林丘陵足矣。

至于“伐齐并莒”，正如唐代张守节在《史记正义》中所云：“言从西破齐，并至莒地，则齐土尽矣。”仅攻占一个莒地能表明“齐土尽”么？如果只为拿下一个小小的莒，魏国的胃口也未免太小了。而郯城出土的诸多文物，也只能表明这里曾经发生过战争，并不能明确无误地指向马陵之战。

此外，根据《战国策·齐策》的记载，马陵战后，孙膑曾与田忌有过一段对话，内容是针对田忌和邹忌之间矛盾的——前面曾提及，邹忌曾几次设计陷害田忌。孙膑力劝田忌：不要解除武装返回临淄，而要乘战胜魏国的余威，依仗手中的大军，背靠泰山，左临济水，右依高唐，运军粮辎重于高宛，然后率领锐骑直冲临淄西门，以武力手段“正齐君、逐成侯（邹忌）”；倘若不这么做，田忌就回不了齐国了。田忌不听，果然未能返回齐国。

山东莘县，马陵之战纪念馆

从上面孙膑的话中，可以看出，当时齐军所在正是今山东、河南、河北交界地带；而如果是在郯城，则孙膑不可能如此建议，因为那样等于绕了个大弯。

因此，最合理的马陵之战遗址应该在莘县。

公元前341年春天的一个黄昏，庞涓的骑兵终于接近了马陵。

黑夜正在缓缓降临，像一张大幕罩住了苍茫大地。马陵道旁，死一般安静的树林中，无数弓弩手屏息凝神，等候着猎物的到来。此前，他们早已接到军师孙膑的命令：等到天黑了，谷中火光亮起时，再一起动手。

终于，天色彻底黑了下来，庞涓的骑兵驰入了这张无形的大网。昏暗中难辨地形方向，庞涓心中一阵紧张，左右顾盼之间，忽见道旁有高大的树木似乎被砍掉了皮，上面隐约见得字迹。庞涓忙令人点火照明，想看清写的是什么，但他未及读完，齐军已经万弩俱发——司马迁记载说，那树上写的是“庞涓死于此树之下”。庞涓自知大势已去，长叹一声：“没想到成就了这小子的声名！”然后自刎身亡。人之将死，其言也善，但庞涓至死都没能从强烈的嫉妒之中醒悟过来。

司马迁的这段记载戏剧性十足，恰是这一点令人生疑：孙膑为何算得如此之准，天一黑庞涓就进了圈套？庞涓好歹也是位军事家，为何天黑了还要进入险地？进入险地，见到可疑之处，为何还要点火，难道庞涓丝毫没想到可能有伏兵？这些疑问，仅以庞涓急躁冒进为由难以解释，因为这分明是莽将所为，毫无军事家的修养。因此，庞涓死在马陵之战无疑，但如此的戏剧化实不可信。

庞涓既死，齐军乘胜杀出马陵道，一举击败追随其后的数万魏军，魏申被俘。

一场旷日持久的复仇之战落下帷幕。孙膑终于借齐国之手报仇雪恨，并因此扬名立万。司马迁说："孙膑以此名显天下，世传其兵法。"这个兵法即《孙膑兵法》，很长时间以来无人得见，直到1972年在山东临沂银雀山出土。

马陵战后，齐国更强，而魏国一蹶不振，逐渐变成战国大舞台上的配角。三晋（韩、魏、赵）的逐一式微，使得中原屏障丧失，已经强大起来的秦国，其东进阻力顿时变小。天下的局势变了——此后不过120年，秦王嬴政实现了大一统。

没人能挡住他的步伐。

莘县金堤，当年马陵之战的重要区域

伍

长平之战

杀降者不祥

山西高平谷口村骷髅庙壁画，据说内容是「赵括喊冤」

除了萧瑟，还是萧瑟。

冬天的长平古战场笼罩在寒冷和荒凉之中，到处可见光秃秃的山丘和星散的村落。田野上一片寂寥，只有衰草和枯树在冷风中摇晃。

这里位居黄土高原东缘，紧邻太行山脉，隶属山西省高平市。

作为一个遗址，长平古战场面积十分广阔，东西宽10公里，南北长约30公里，一条河纵贯南北，名为丹河。丹河属黄河流域沁河水系，发源于高平市北部的丹珠岭，其干流由北而南经高平、泽州，在河南焦作境内汇入沁河。

沿着丹河两岸行走，不时可见到一些名字古怪的村庄：企甲院、王何、箭头、谷口、围城、三军……丹河一线，将这些“珠子”串了起来。事实上，倘若把视线从丹河两岸向四围延伸至高平全境乃至临近的长治等地，可以见到更多古怪的地名，比如杀谷、围城、回沟、绝水、老背坡、地夺掌、车亡谷、交战沟、夜活等，总计七八十处之多。这些含有强烈军事色彩的名字正是长平之战遗留的痕迹，两千多年来，这些地名如习俗一般世代流传，成为那场大战鲜活的“证人”。

长平之战对中国历史进程产生了巨大影响。秦国击败赵国这个最强大的敌人，几乎全歼赵国的有生力量，致其一蹶不振，为最终荡平六国、一统天下打下了坚实基础。从这个意义上来说，长平之战可以视为秦帝国大一统的前奏。

随着足迹的延伸，长平之战的风云渐渐浮现在眼前。

秦赵必有一战

战国时代后期，天下统一已经成为必然趋势，惟一的疑问就在于由谁完成这一任务。

分析当时国际局势，秦国最强。这个位于崤山以西的国家，因其弱小，原本不被山东诸国放在眼里，甚至羞与为伍。但经过公元前359年开始的“商鞅变法”之后，短短19年，秦国一扫颓势，政治、经济、军事各领域都获得极大提升，一跃成为战国时代第一强国。这次中国历史上惟一可以称为“辉煌”的变法之后，秦国渐渐显露出了吞并天下的野心。

此后又30年，太行山以东的赵国忽然崛起。

三家分晋之初，赵同样是弱国，直到赵武灵王赵雍在位初期，赵国仍然时有被邻国吞并瓜分的危险。但这种状况在公元前307年得以改观。这一年，33岁的赵雍顶住国内守旧势力的激烈反对，下令国人废弃中原民族的传统服装，改穿胡服；舍弃军中笨重的车辆，改为骑马。这就是历史上著名的“胡服骑射”。凭着这项前无古人的军事改革，赵国军力猛升，骑兵的战斗力称雄天下。于是武灵王败林胡、楼烦，灭中山，纵马千里，开疆拓土，一举摆脱“四战之国”的被动局面，成为战国七雄中唯一可与秦国抗衡者。

国力陡升，赵雍“并吞四海”的念头也渐渐显露出来。

公元前299年，一个赵国使者来到秦国，受到秦昭襄王嬴稷的亲自接见。这个使者相貌堂堂，气度不凡，令嬴稷颇有些意外。使者退下后，嬴稷越想越觉蹊跷，就派人前去追赶，但那使者已然快马加鞭离开秦国。后来嬴稷才知道，这位使者竟然是赵武灵王赵雍！当时赵雍已经传位于少子惠文王赵何，自己则号称“主父”。他此番亲自出马扮作使者前来秦国，目的是观察地形、打探虚实，以确定袭击秦国的路线及策略。这件事表明，赵雍认为赵国已经有实力向秦国发起挑战。

赵雍如此大胆的举动被识破后，嬴稷大惊失色，戒心陡增。

经过一系列的互相试探之后，公元前262年，一场旷古未有的大战拉开了序幕。关于这场大战的权威记述，当然是《史记》。在《史记·白起王翦列传》中，司马迁简洁概括地描述了大战的整个过程。

公元前262年，秦国著名将领武安君白起率军攻打韩国。当时韩国在战国七雄中实力最弱，土地也最少，其疆域大约在今天河南中部与山西东南部一代。白起不费吹灰之力就攻陷了野王（今河南沁阳），野王降秦。如此一来，就导致韩国的上党郡（郡治长子，在今山西长子西南）成为无法与本土联系的飞地。

眼看上党将落入秦国之手，上党郡守冯亭站了出来。他征得民众支持，决定将上党17城献给赵国。

这个大馅饼掉得有些突然，即位仅四年的赵孝成王赵丹急忙召集群臣，商议是否接收上党。平阳君赵豹持反对意见，认为这会招致大祸；平原君赵胜却认为，毫不费力得到广达两万平方公里的一郡，何乐不为？赵丹左思右想，最终采纳赵胜的建议，将上党收归赵国。

入口的肥肉被赵国抢走，秦国岂能甘心。两年后，秦左庶长王龁统兵攻取上党，当地民众纷纷奔赵而去。赵国屯兵上党重镇长平，据以接应逃亡民众。事态逐步扩大，四月，王龁向长平赵军发动进攻，赵国也不敢大意，派遣大将廉颇赶赴长平全权指挥。小规模战斗时有发生，但多以赵军失利告终。到七月间，廉颇见秦军攻势凌厉无法阻挡，遂采取固守之策，坚筑垒壁，任秦军百般挑衅，就是不应战。

对于远道而来的秦军来说，粮草是个大问题，宜速战，不宜持久对峙。但廉颇固守不出，王龁也无计可施，双方僵持在丹河两岸，战场形势朝着于赵军有利的方向发展。但此时风云变幻，一连串的事件次第发生：

远在都城邯郸的赵丹开始埋怨廉颇初战不利，损兵折将，只守不攻；

秦国丞相范雎花费重金在邯郸施行反间计，于市井间大肆宣扬：秦国所怕的，乃是名将马服君赵奢之子赵括，至于廉颇嘛，很容易对付，而且他就快投降了；

人言可畏，加之怨怒在心，赵丹终于按捺不住，用少壮派的赵括替换了老将廉颇。

赵括的出场，成为整个长平之战的转折点。

秦昭襄王嬴稷得知赵括成为赵军统帅，大喜过望，立即采取了相应的措施：将秦军统帅秘密地换成白起，而王龁降为副将。白起是战国时代唯一战无不胜的名将，一生大小70余战，歼敌百万以上，威名播于六国。为避免赵军慑于白起威名不敢出战，嬴稷通令全军将士，有胆敢泄露白起为将者，斩。

赵括到达长平后，随即推翻廉颇固守之策略，出兵攻击秦军。秦军诈败而退，赵括则“乘胜”穷追不舍，一直赶至秦军垒壁。此时，一张无形大网徐徐展开。白起先是派出两万五千人的奇兵切断赵括的退路，将赵军一分为二，既而又遣兵遮绝赵军粮道。至此，包围圈逐渐形成，赵括被围

高平市永录乡三军村

在前方，既缺粮草，又与后方无法呼应，只好筑壁坚守，以待援军到来。

但令赵括绝望的是，大批赶到的是秦国的援军。嬴稷不仅立即亲自赶到河内（指黄河以北，约在今河南、山西交界处），还动员全国所有后备兵员，凡年满15岁者全部发往长平。驻守长平的全部赵军被秦军分割包围，插翅难逃。

时间在煎熬中缓慢滑至九月，赵军连续46天得不到粮食，士兵们早已饿得发疯。军中开始有偷偷攻杀战友并煮食其尸体的骇人事件发生。天气越来越凉了，荒山丘陵之间再也找不到任何可供充饥的食物。在逐渐加深的绝望之中，赵括准备作最后的努力，他把士兵分为四队，轮流突击，但毫无用处。他看看这些饥饿狼狈的手下，明白大势已去，于是挑选了一批精锐士兵，亲自突围。激战中，秦军的弓箭手射中了赵括，这个经验欠缺的年轻人命丧沙场。

接下来发生的事情严重得超出任何人的想象：40万赵军向白起投降，却遭白起悉数坑杀，只留240名年龄尚小的士兵回邯郸报信！赵国闻之，举国悲痛。

“乃挟诈而尽坑杀之”，这就是司马迁对40万投降赵军最终命运的描述，简单、概括，虽然一笔带过，但却触目惊心。这种概括手法给后世解读长平之战留下了太多争议。

上党，烫手山芋还是必争之地？

第一个争议，即赵国该不该接收上党。

如前所述，平阳君赵豹一开始就持反对意见：“不如勿受，受之，祸大于所得。”赵豹的看法与司马迁所持观点完全一致，司马迁言辞激烈地批评了支持接收上党的平原君赵胜：你本是浊世之翩翩佳公子，却不识大体，利令智昏，听信冯亭之邪说，为贪上党小利，导致40万赵军命丧长平，赵几乎亡国！

司马迁的批评影响巨大，此后史家大多沿袭了这种观点。有的批评比司马迁更为激烈，认为冯亭表面上是献上党给赵国，实际是嫁祸于赵。一直到现在，许多学者仍然持此观点，作家柏杨就把上党喻为“烫手山芋”。更有甚者，邯郸学者郝良真等人提出，冯亭将上党献给赵国是“与秦军暗中合作的神鬼莫知的杰作”。

但反对之声不时传来，许多学者认为：秦国早就有了吞并天下的野心，上党之地，若赵国不接收，肯定会被秦国据为己有；而秦国一旦占据上党，就必然会以此为跳板大举攻赵；所以赵国之祸不在于接收上党，而在于错用赵括。

两种观点针锋相对，孰是孰非争论了两千多年。要想解开其中疑惑，必须将上党的地理位置与当时的国际形势综合考虑分析。

“上党”是个古老的地名，至迟在春秋时就已出现。但作为行政区划，由战国七雄之一的韩国设置，其涵盖地域在今天山西省的东南部，主要包括今长治、晋城两市。上党东面是险峻的太行山，南部有中条山与王屋山，其西是太岳山脉，其北则是八赋岭等山地。四面环山，使上党成为一个盆地。高平本地学者李俊杰说，上党的地形地貌有高、平、圆、厚、固的特点——“高”是指盆地整体地势高；“平”是指盆地底面平坦；“圆”是指盆地形状呈圆形；“厚”是指盆地底部和冲击带土层堆积较厚；“固”是指盆地沿边均有数十里或更宽的高山组成层层叠叠的坚固屏障，形成固垒。

正如古人所云：“上党从来天下脊，得上党者得天下。”上党的地理位置和地形特点决定了它自古即是兵家必争之地。

在秦赵发生上党之争以前，秦昭襄王嬴稷奉行的是丞相范睢的“远交近攻”战略，与远在东方的齐国等保持友好关系，对近邻的魏、韩则刀兵相见。

长平瓦震武安初，赵卒俄成戏鼎鱼。四十万人俱下世，元戎何用读兵书。
——胡曾：「咏史诗·长平」

前期，秦国先占领了魏国的河东部分地区，继而又接连夺取了韩国的少曲（今河南济源东北）、高平（今河南孟县西）、野王等地。魏、韩国力较弱，面对强秦几乎没有还手之力。于是秦国乘势而进，把矛头对准了韩国的上党。

只要分析一下各国的地理位置就可以看出，秦国攻打上党，实际上意在以此为根据地，俯视邯郸，伺机而下。这对于有志“吞并天下”的赵国来说，当然不可接受。

那么，冯亭主动将上党献给赵国是否有“嫁祸于赵”之嫌呢？

在成书早于《史记》的《战国策》中有一段不见于《史记》的记载：上党成为飞地之后，韩桓惠王惊恐万分，遂以割让上党为条件，遣使向秦国求和。但当时的上党郡守靳黈却拒绝割让，发誓以死抗击秦军。韩桓惠王已经把上党许诺给秦国，不敢违约，只好撤掉靳黈，代之以冯亭。但让韩桓惠王始料不及的是，冯亭到任以后，居然顺应民意，采取了与靳黈一样的策略，拒不割让上党。冯亭率上党军民抗击秦军一个月之久，渐渐不支，才秘密派人去邯郸拜见赵丹，将上党献给赵国。

这段记载表明，献上党与赵国，是顺应了上党民意，并非冯亭一个人的意思，更谈不上嫁祸于赵国。

根据《史记·赵世家》的记载，冯亭献上党之后，赵丹派平原君赵胜

太行山“古羊肠坂”（摄影/许晖）

为使去接收上党，并对冯亭大加赏封。但冯亭却闭门不见赵胜，并痛哭流涕道："我不能处于三不义的境地：为君主守卫国土，不能拼死固守，这是一不义；君主把上党许诺给秦国，我却不听他的命令，拒不割让，这是二不义；出卖君主的土地而得到封赏，这是三不义。"

倘若冯亭有心嫁祸于赵，应该不会有"三不义"的肺腑之言；倘若他这番言论是作态表演，就不应该不见赵胜，相反更应该在赵胜面前表演。

此后冯亭命运如何，司马迁没有继续讲述。但是《战国策·赵策》中提及，冯亭哭诉完"三不义"之后，谢绝赵国的封赏回到了韩国，他向韩桓惠王禀报说："赵闻韩不能守上党，今发兵已取之矣。"韩桓惠王立即转告秦国："赵起兵取上党。"嬴稷大怒，"令公孙起、王龁以兵遇赵于长平"。

正是《战国策》的这段记载引起了郝良真等人的怀疑：冯亭向韩桓惠王禀报的话"犹如述职复命之辞"，而且"冯亭背主献地并未遭到任何制裁，这说明献上党与赵是符合韩国献地求和投降政策的"。

这个观点显然有不经推敲之处。

其一，《战国策》没有记载冯亭受制裁，并不等于冯亭没有受到制裁。

其二，冯亭背主献地，为免于刑罚，也有可能找借口推脱责任，所以不说自己主动献上党，而说赵国发兵取之。

其三，韩王之所以让冯亭取代前任郡长靳黈，就是因为靳黈抗命不献上党与秦。冯亭如果要与秦国合作，直接把上党献给秦国就是，何必绕一个大圈子先献赵、再由秦国夺取呢？

其四，如果冯亭将上党献给赵国是"与秦军暗中合作的神鬼莫知的杰作"，秦王得知"杰作"完成应该大喜才对，为何《战国策》记载"秦王怒"？

其五，倘若冯亭果真暗通秦国，又为何要死守上党三十日？

不难得出结论，冯亭"暗通秦国"之说也不成立。

决战为何在长平？

无论如何，上党终于为赵国所有，而秦国也理所当然地向赵国发难。当王龁将上党大部分土地从赵军手中夺回之后，长平开始成为秦赵两国争夺的焦点。

战国时代的长平古城，如今名为王报村，横卧在丹河西岸。这一地点

割地求和国必危，安知坚守绝来思。年年来伐年年割，割尽邯郸何所之。

——周昙：「春秋战国门·虞卿」

在春秋时为泫氏城，据说系赵献子所建。公元前332年，刚刚走马上任的韩威侯东巡至此，发现泫氏城建在一条既长又平的河川地带，便以地形取名，更其名为长平。所以如今的王报村有“古泫氏，旧长平”之说。

这是一个看起来十分普通的村庄。村头，几个年轻人懒散地打着球；村中心的广场上，一群孩子绕着毛泽东像玩耍；偶尔有一条狗跑过，向我这个陌生人投以狐疑的眼神。在安静的街巷中行走，无论如何也想象不出这里曾是当年那场大战的核心地点。但村中残留的一处“古泫氏”阁门、一通刻有“秦赵之战地”的古碑，却提示后人这个村庄并不普通。

事实上，秦赵两国盯上长平由来已久。

早在长平之战70多年前，就有人向即位不久的秦惠王嬴驷提出了攻打长平的建议，此人就是著名的纵横家张仪。《战国策·秦策》中，张仪如此游说秦王：“赵国屯重兵于长平，目的就是为了夺取韩国的上党。大王您应该用计谋击破长平赵军，既而攻陷武安。”张仪认为，秦国可以利用赵国君臣上下不能同心同德之机，在攻陷武安之后，一举拿下赵都邯郸，然后大军再向西南，攻占修武，越过太行羊肠坂，最终降伏上党。如此一来，赵国既灭，韩国也必然灭亡，六国合纵抗秦的联盟就会彻底垮台。

张仪这段话表明，在秦国盯上长平之前，近水楼台的赵国早已把触角伸至长平。

虽然嬴驷忌惮六国合纵抗秦的力量，没有采纳张仪的建议，但长平这个具备重要战略意义的地点却逐渐被秦国所重视。等到嬴驷的儿子嬴稷即位之后，秦国对长平的意图便日趋明朗起来。

公元前280年，秦将白起攻赵，夺取长平光狼城。但由于当时秦楚关系紧张，秦国没有进一步夺取上党，而选择了撤兵。

公元前270年，秦攻赵，围阏与（在今山西和顺），结果被赵国大将赵奢击败。

公元前269年，秦国再攻阏与，又不能胜。

这三次战役，地点都已经无限接近长平。

那么，秦国为何最终将决战之地选在长平呢？这与长平的地理位置和地貌地形密切相关。

首先，无论对于上党郡还是邯郸城来说，长平都是极其重要的战略屏障和交通要道。秦军要想在上党站稳脚跟，必须拿下长平；要想攻打邯郸，更要拿下长平，舍此别无他途。

其次，长平地理条件复杂，既有山地、丘陵，还有大面积的平川。这样的地形，非常适合大规模兵团作战：山地适合藏兵储粮；丘陵便于调度军队，而且不易被发现；平川则是大军决战的必要之地。

这两个条件，对于赵国来说也具有同样重要的意义，只要他们守住长平，就可保邯郸无虞。所以，秦国大军还未至上党，赵国就已在长平布下重兵，并且派上了久经沙场的老将廉颇。

赵括，并非纸上谈兵

但是廉颇没能在长平待太久。赵丹犯下兵家大忌，临阵换将，用赵括顶替了廉颇。

赵丹的决定遭到许多人的反对。赵相蔺相如听闻换将的决定，立即提醒赵丹：“只因赵括名声在外就委以重任，无异于胶柱鼓瑟。赵括虽然熟读其父留下的兵书，但却不懂得随机应变。”

赵丹不听。

赵括自幼熟读兵法，谈论兵家之事鲜有对手，自视甚高。当然，赵括有理由如此自信——他已经去世的父亲赵奢为一代名将，名满天下，但与赵括辩论时，却从来难不住赵括。但奇怪的是，赵奢从不夸奖儿子在这方

二百四十载，海内何纷纷。六国兵同合，七雄势未分。从成拒秦帝，策决问苏君。鸡鸣将狗盗，论德不论勋。——宋之问：「过函谷关」

高平市王报村，“古泫氏”阁门

面的才华。赵括的母亲不解，就问赵奢其中缘故，赵奢答曰："用兵打仗关乎生死，赵括却觉得轻而易举。赵国不用他为将还好，一旦用了，赵军必败无疑。"

知子莫若父，赵奢身经百战，既然他认为儿子难堪大用，那就一定有他的道理。赵括的母亲对此深信不疑，于是在赵括即将出发前往长平之时，她又挺身而出，劝赵丹勿用赵括。赵母的意思很明白：二人虽是父子，但子不如父，不可相提并论。

赵丹毫不犹豫地否决了赵母的提议，赵母无奈，只好请求：若赵括失败，能否不要株连自己？赵丹允诺。

意气风发的赵括赶到长平，战场形势随即发生重大变化。赵括不仅推翻了廉颇固守之策略，还把规章制度全部更改，甚至撤换掉许多军吏。他准备打一场漂亮的进攻战，但却落入了秦军的包围圈，成全了白起的"中国历史上最成功的围歼战"。而且，当赵括中箭身亡时，他可能连真正的对手是谁都不知道。

赵括更不知道，赵国派到长平前线的40多万青壮男子全部遭到血腥"坑杀"。

此后两千多年，历代文人一旦提及长平之战，总不免兴起三种情感：哀40万亡魂，骂白起残忍，怨赵括"纸上谈兵"。

对赵括的指责尤其常见，有人甚至直接开骂，斥其为"邯郸小儿"或者"括小儿"。

赵括果真如此不堪？按照司马迁的记载，似乎可以这样理解。但万千指责声中，却偶而有为赵括鸣不平之声。他们没有把失败的责任一把推给赵括，而是认为这是赵丹用人不当之故。还有人着重指出，生死关头，赵括并未"惜生"。

赵括的确没有"惜生"，在人生的最后几十天，他表现得异常勇猛。而且在最后时刻，他还亲自出马，冒死突围，司马迁也说他"自搏战"。

赵括的"自搏战"不是白白送死，他给秦军造成了重创。在《史记·白起王翦列传》中，白起曾对秦王说过如下一段话："今秦虽破长平军，而秦卒死者过半，国内空。"秦军死者过半，这一半是多少？长平之战秦军参战人数，历来众说不一，但既然秦军能包围40万赵军，其数目就可以大体推测。考虑到后来秦王还发动15岁以上的秦国男子全部发往长平，这个数字就更为庞大，有人说是60万，也有人说近百万。

即便按最为保守的60万来算，那秦军也死了30万人以上。显然，这30

河北邯郸“胡服骑射”雕塑

万秦军不是被坚壁不战的廉颇所杀，而只能是赵括的战果。如此看来，赵军虽死40多万，但秦军死亡人数也不相上下。若不以成败论英雄，赵括有理由获得起码的尊重。

至于赵国为何会失败，如前人所云，赵丹用人不当是原因之一，白起用兵如神是原因之二。除此之外还有一个极为重要的原因，即赵国外交策略出现了严重错误。

根据《史记·平原君虞卿列传》的记载，赵丹在廉颇固守之时，曾经遣使前往秦国求和。当时虞卿就提出反对，因为秦国必欲破赵，求和于事无补。他认为赵丹应该做的，是派使臣携带重金去联合楚、魏两国，如此一来，秦国怀疑诸侯再次合纵抗秦，心中恐慌，才有可能撤军而与赵国讲和。赵丹不听，径自派郑朱前往秦国求和，结果这件事被秦国大肆宣扬，其他诸侯见赵国立场反复不定，就此断了救援赵国的念头，秦赵和谈更无从说起。

赵国惨败长平是由一系列因素促成的，赵括虽然有责任，但不至于背上千古骂名，被后人指为“纸上谈兵”。

我在丹河两岸的村落间流连时，感受到了当地人对赵括的宽容态度。高平市西两公里的谷口村有一座“骷髅庙”，庙里碑刻记载，此庙原本建于唐代，当年唐玄宗为潞王时游于此地，特修此庙祭祀被坑杀的赵卒；现存骷髅庙为明万历年间仿古重修，庙里塑有一男一女两尊塑像，男像白面长须，当地人说这是赵括；塑像后的墙上绘有一幅壁画，画中一少年正向衣着华丽的长者跪拜诉说……

守庙的老人告诉我，这少年是赵括的魂灵，他在向巡游至此的唐玄宗陈述冤情。

40万人是怎么被活埋的？

与赵括被后世部分平反的命运迥然不同，杀降者白起在高平遭到众口一词的谴责和诅咒。岂止高平人如此，中国的历代文人几乎都痛骂白起，有些学者甚至撕破脸面直接进行人身攻击——只因传说白起脑袋小而尖，就直截了当地骂其为“锐头小子”。

长平一役，白起杀降，不容辩驳。但白起果真活埋了40万降卒么？

司马迁在《史记》中有三处提及白起杀降。《白起王翦列传》中的原话是“（白起）乃挟诈而尽坑杀之”，并说“前后斩首虏四十五万人”；《赵世家》的说法是“卒四十余万皆坑之”；《廉颇蔺相如列传》中则说“括军败，数十万之众遂降秦，秦悉坑之”。

很显然，“坑”在这里是动词，商务印书馆2005年版的《古代汉语字典》解释为“活埋”，并举出长平之战和“焚书坑儒”的例子。

但这种解释遭到广泛质疑，因为从技术角度考虑，活埋40万人非常困难：这些人要不要捆起来？若捆，需要多少绳子？若不捆，他们反抗怎么办？还有，活埋这么多人，得挖多少坑？坑要多大？挖坑的人需要多少？

这些问题困扰世人许多年，直到“永禄一号尸骨坑”被偶然发现。

“永禄一号尸骨坑”位于高平市西北的永禄村。1995年5月，当地一位名叫李珠孩的农民在耕作时，忽然从自己的承包田里翻出了一堆白骨。山西省考古所的考古人员闻讯赶来，在仔细考察之后，认定这是一处长平之战尸骨坑遗址。

尸骨坑中共发现未经破坏和扰乱的个体60个。《长平古战场永禄一号尸骨坑的发掘简报》明确指出，这些个体近半数或头骨无躯体或头骨与躯干分离，应是死亡在前，埋藏在后。还有14具头部有钝器、刃器、石块等造成的创伤痕迹，其中至少7具个体的创伤是致命的，应排除在活埋死亡之外。剩余十多个个体死亡原因难以判断，可能活埋的仅为一例。

考古人员据此得出结论：“死者绝大部分为被杀后乱葬的，未发现大量被活埋的证据，这种现象有别于史书中关于四十万降卒被坑杀的载述。”而且，“此坑和附近的二号坑均为深坑，不像秦军专为掩埋战俘尸体所挖，更像是天然的深沟大壑。当年，秦军将战俘尸体抛入沟内，再填上一层薄土加以掩盖。只是两千多年的沧桑岁月，斗转星移，才使这些尸骨深埋地下”。

疑问终于得到解答，原来40余万降卒并非全部被活埋，其中还有战死者，以及放下武器后被屠杀者，其总数才是《史记》明确记载的“前后斩首虏四十五万人”。司马迁用“坑”字描述应该是概括言之。

但不管怎么样，白起难逃杀降之罪。

永禄一号尸骨坑遗址后面，将军岭连绵起伏，我看到它时，它在暮色中沉默，渐趋黯淡。这里是长平之战的重要地点，当地人说，像永禄一号这样的尸骨坑，应该不少。走进遗址内部，细看这些带着伤痕、裂缝的累累白骨，我似乎听到遥远年代的砍杀声和撕心裂肺的哭喊之声，顿时不寒而栗。

站在秦国的角度，也许杀降是有道理的。几十万俘虏带回秦国么？粮草供应就是大问题。放回赵国？第二天他们照样是强悍的战士，是秦国的敌人。

但是，杀降不祥。白起后来开罪于秦王，招致赐死的命运，使得后人无不拍手称快。人之将死，其言也善，白起临终时长叹：“长平之战，赵卒降者数十万人，我诈而尽坑之，是足以死。”

柏杨先生说，白起之死，并非杀降的报应，“因为杀降的报应要严重得多，国家、社会，甚至全国人民的道德品质，都要为杀降付出代价。历史上从没有一个准许杀降的政府付得起这种代价”。

长平之战后40年，公元前221年，秦灭六国，一统天下。但正如论者所说，秦这个带着先天脆弱登上历史舞台的帝国，几乎从诞生之日就陷入了天下反叛的怒潮之中。此后不足20年，它果然烟消云散了。

秦的溃灭，也许早已注定。杀降于长平，虽威慑六国，但却失去天下人心。高平本地的李玉振老人在和我谈及秦国灭亡时，把“人心”二字重复了数遍。

那天下午，李玉振老人带我去看高平市的古城区。街头熙熙攘攘，卖烧豆腐的摊贩随处可见。高平烧豆腐的吃法十分独特：先将豆腐烤熟，再用沸水煮，最后蘸上蒜泥豆腐渣入口，这叫“吃白起肉”。据说，这种吃法已有两千年的历史。

谷口村，看守骷髅庙的老人

垓下之战

陆

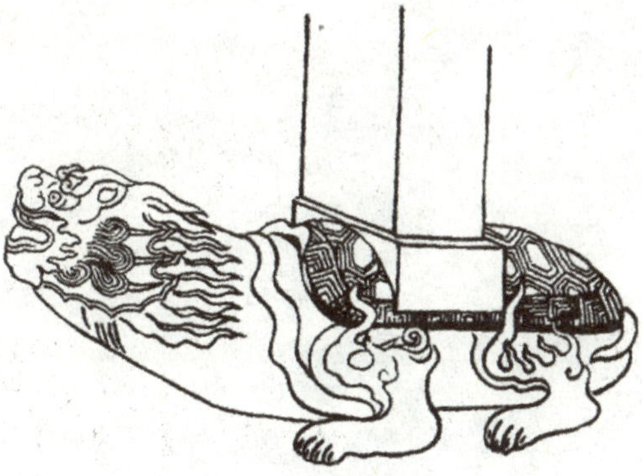

安徽固镇县，濠城铁匠（摄影/郑向阳）

万里长江一路奔流，穿过安徽之后，忽然折而向东，自南京进入江苏境内。其南岸，中国古代称之为“江左”，或者“江东”。那是一片湿润肥沃的土地，先秦时，属吴、越之疆域；秦始皇帝统一中国之后，这片广大区域被划归会稽郡（治所吴县，即江苏苏州）。

公元前202年的一天，仓惶逃出垓下之围的西楚霸王项羽，站在一江之隔的北岸渡口旁，挥剑自刎。在战马嘶鸣和刀剑击撞声中，他或许曾最后一次眺望江东，或许，只是任那些风景如幻影般掠过心头。

这个渡口，司马迁在《史记》中称之为乌江，如今属安徽省和县乌江镇。

项羽自杀于隆冬时节，而我到达乌江镇，正值春花烂漫、蜂飞蝶舞，这穿越时空的强烈对比，令人顿生兴亡之叹。当年项羽死后，此地即有人建“项亭”祭祀，并葬项羽残骸及血衣为衣冠冢。如今亭已不存，但衣冠冢尚在，掩映在绿草花树之间。

伫立霸王祠，遥想垓下那一夜的悲烈、仓惶和夹杂着血色的浪漫，不由想起清人卢润九的诗句：“兴亡瞬息同儿戏，从此英雄不愿生。”

流氓与混迹在流氓中的贵族

兴亡之瞬息，用来描述秦王朝再贴切不过。

公元前210年，秦始皇帝嬴政病死于沙丘（今河北平乡），其幼子嬴胡亥在一场夺嫡阴谋中，被继任为秦二世皇帝。在这位花花公子的手里，庞大的秦帝国开始迅速沉沦。

第二年，陈胜、吴广在大泽乡（在今安徽宿州）揭竿而起。这场原本起于局部的民变，却出人意料地急速演变成全国性的连锁反应。变民领袖们为了获取政治号召力，纷纷打出被秦所灭六国的旗号，或拥立国王后裔，或者干脆自己称王，一时间仿佛时光倒流，重回到战国时代。

朱大可先生在《流氓的盛宴》一书中曾说及，战乱导致的身份危机，是流氓诞生的摇篮。秦末战乱的一大成果，就是催生了大批流氓。

刘邦就是这群流氓之中的典型代表。他出生于今江苏沛县，一介平民，年轻时游手好闲、贪酒爱色。加入起义队伍之前，他是泗水亭长，一个很小的官，所辖区域不过十里。但是刘邦常有大度，行事不拘小节，这种从底层生活中得来的柔韧性格是其一大优势。

大器晚成，在刘邦48岁那年（公元前209年），他率众击杀沛县令，自称沛公，正式加入反秦民变的大潮之中。

这一年，另一个重要人物也加入到了反秦的行列，他就是下相（今江苏宿迁）人项羽。下相与沛县，都在今江苏北部，因此项羽和刘邦可以算是同乡。但项羽未必愿认刘邦做同乡，因为和刘邦的底层身份不同，项氏家族乃是故楚国的世袭贵族。项羽的祖父项燕为楚国大将，在公元前224年秦灭楚国时被秦将王翦所杀。楚亡后，项羽与叔叔项梁一起流亡到了江东地区的吴中。

与比自己年长20多岁的刘邦相比，项羽的少年时代大概受过系统教育，尽管他并没有认真去学，这令他事实上的监护人——叔叔项梁大怒。但项羽有自己的说辞："书足以记名姓而已。剑一人敌，不足学，学万人敌。"他的志向在于将兵破敌、冲锋陷阵。但等到项梁教授其兵法时，项羽又是虎头蛇尾。项羽这种粗疏而又倔强的性格一度让项梁十分失望。

项梁的失望，在一件小事中得以消除。某一年，热衷巡游的嬴政大帝过会稽，那种声威震天的气势令项羽羡慕不已，于是脱口而出："彼可取而代也。"此言一出，项梁开始对项羽刮目相看。

陈胜大泽起义后两个月，项梁与项羽杀掉会稽郡守，正式举起反秦大旗。项梁自任郡守，项羽为副将。

按照朱大可先生的理论，若说刘邦是标准流氓，那么项梁和项羽可以称作混在流氓之中的贵族。中国的贵族虽与西方贵族的传统有所不同，但同样要遵循某种礼制或者秩序，一旦僭越，就等于挑战了整个贵族系统的权威，其行动将失去道德合法性。因此，项梁起事不久，就听从谋士范增的建议，从民间找到已故楚怀王的孙子芈心，立为楚王，并顺应民意，以祖谥为号，是为楚怀王——当时，困厄不堪的芈心，正在田间给人放羊。

项氏叔侄的世袭贵族身份，再加上芈心之立，立即取得了巨大政治号召力，至陈胜被杀身亡之时，已有近十万人聚集到项梁旗下。其中不仅有英布、蒲将军等一方豪强，还有刘邦。从此，刘邦和项羽的命运开始纠缠交织在一起，成为秦楚之际历史大舞台上两个最重要的角色。

一系列战事在“灭秦”的政治号召下展开了，各路诸侯如一盘散沙，与秦军缠斗不已，项羽和刘邦就在此时脱颖而出。

公元前208年，秦大将章邯攻楚，斩杀项梁，而后兵围赵国的巨鹿（在今河北平乡，有争议）。第二年秋天，楚怀王芈心以宋义为上将军、项羽为次将、范增为末将，远赴河北救赵；同时命刘邦一路向西，进入秦王朝腹地关中。行前，芈心与诸将约定：谁先入关中，就封为秦王。这个规则对项羽不太公平，因为当时项羽驻军在彭城，刘邦在砀（在今河南商丘境内）；刘邦的进军路线比较直接，可从河南直入陕西关中；而项羽则要先

江苏沛县，打着「樊哙」旗号的狗肉铺子

绕道河北，解救巨鹿之围，然后再向西入关中。

项羽虽有不满，却依然守约北上。途中，宋义滞留46日不进，项羽一怒之下斩杀宋义，自为上将军。这一事件令项羽威震楚国，名闻诸侯。借此威风，项羽一路北进，渡过漳水，破釜沉舟烧庐舍，在作壁上观的其他诸侯面前，以必死之心，大破数倍于楚的秦军。巨鹿之战，楚军几乎全歼秦军主力，秦王朝覆灭指日可待。这是项羽一生中的第一个高峰，并就此奠定了他在诸侯中最强者的地位——当项羽在军帐中召见那些打着救赵旗号、但未敢参战的诸侯将军时，这些人面如土色，膝行而前，连头都不敢抬一下。

此后不久，秦将章邯投降项羽。秦降卒20余万，在西进途中，被项羽坑杀于新安（在今河南渑池）。

公元前206年初，挟暴烈之威名与骂名的项羽终于抵达咸阳。此时，刘邦已入关中两月余。

两名内鬼

2007年时，我曾到刘邦故里沛县走了一趟。走在为旅游者所建的仿汉式建筑和各种名号的古迹之中，时常听当地人谈及沛公当年的种种轶事，其间故意为之的神话色彩和滑稽戏谑，倒是与司马迁在《史记·高祖本纪》中的语调颇有几分相合。

但刘邦毕竟不是平庸之辈，跨越时空的调侃之后，谈论者定然要提及他的过人之处——史书俱言刘邦仁而爱人，那著名的“约法三章”无疑是个最好的例子。

公元前207年底，刘邦历尽艰辛，先于各路诸侯进入关中，屯兵霸上（今陕西西安市东南）。秦王嬴婴素车白马向刘邦投降，秦帝国灭亡。此时，刘邦作出了一个令他收益巨大的决定——废除秦帝国的法律，与关中父老约法三章：杀人者死，伤人及抢劫者依法治罪。政令一出，饱受秦法之苦的关中人奔走相告，唯恐刘邦不为秦王。

然而，这一幕令人迷恋的美好图景，与其说缘于刘邦的宽厚仁爱，不如说是出于不可明言的政治意图。当年轻气盛的项羽在巨鹿大败秦军，而后又坑杀20万降卒之时，宽厚长者刘邦也没闲着，根据《史记·高祖本纪》的记载，在挺进关中的途中，他至少曾屠城一处，即颍阳（在今河南登封市）。“屠城”，这个残酷意味十足的词虽然在中国古代史上屡见不鲜，但出现在素有仁厚之名的刘邦身上却着实令人意外。司马迁似乎也有意避讳，对屠城这等大事一笔带过，连死亡人数也没做任何交代。但这看似轻描淡写的一笔已经足以说明，刘邦的仁而爱人，尽管在某些时刻是真情流露，但更多是表演出来的。

刘邦率军一入咸阳，立即被这座宏伟富丽的都城所吸引，打算进入宫殿休息。这在刘邦看来理所应当的举动，却遭到其手下谋士张良的劝阻。张良乃故韩王国的贵族后裔，著名智囊。他深知刘邦虽然先入关中，按盟约可为秦王，但提出盟约的楚怀王芈心不过是项羽手中的一枚棋子，随时会被抛开；而项羽早已今非昔比，一旦以武力逼迫刘邦让出秦王之位，刘邦绝非对手。

惯于屈伸自如的刘邦采纳了张良的建议，一面大力宣传此前的盟约，为自己争取舆论支持，一面约法三章，收拾关中人心；然后封藏府库珍宝，还军霸上，静候项羽到来——这是故意向项羽示弱，以消除其敌意。

两个月后，盛怒之中的项羽轻而易举攻破函谷关，屯兵鸿门，与刘邦驻地相距40里。一场大战眼看在所难免，此时却出现极富戏剧性的转折——两个“对称性”的“内鬼”相继登场，将历史拖入“鸿门宴”这一经典事件。

第一个登场的内鬼是刘邦左司马曹无伤。他偷偷派人告诉项羽：“刘邦打算称王关中，以秦降王嬴婴为相，秦国的珍宝已被刘邦尽数据为己有。”曹无伤的算盘打得很好：只要双方开打，胜者一定是项羽；自己告密有功，必得封赏。

曹无伤没有料到，项羽军中也出现了一个内鬼——项羽的另一个叔叔项伯。当项羽被曹无伤之言所激，又兼范增力劝，准备立即发动进攻的前夕，项伯夜入刘邦营中，私会故交张良，劝其早做打算。刘邦闻知，马上与项伯约为儿女亲家，并请求项伯在项羽面前为自己多说好话——“我入关后，秋毫无犯，登记人口，封存府库，就是为了等待项羽将军的到来。之所以派人把守函谷关，是防备其他人的。我日夜盼望将军到来，哪里敢和将军作对啊！”

项伯返回军中，将刘邦所言如实报告项羽，并劝其善待刘邦。项羽一口答应了。这件事非常奇怪，项羽明知项伯向对手泄露军情，非但不加任何惩罚，反而还接受了他为刘邦说好话。更为奇怪的是，在第二天的鸿门宴上，项伯居然明目张胆地保护刘邦，使得范增杀刘邦的计划破产。对此，项羽依然没有任何责备之意。

徐州戏马台，项羽雕像

反观曹无伤，就没有这么幸运了。鸿门宴上，刘邦为自己辩解时，项羽立即出卖了这个告密者：“这都是你的左司马曹无伤告诉我的，否则，我也不会这么生气啊！”刘邦脱身逃回军中，立即杀了曹无伤。

两个内鬼，遭遇迥然不同的结局，实则反映了双方统帅的政治头脑。刘邦审时度势，利用一切资源，包括自己的女儿，为自己争取主动地位；对于告密者，更是丝毫不姑息。在这方面，项羽完全败北，这身长八尺、力能扛鼎的壮汉，在鸿门宴上犹疑不决，放刘邦归山，正如日后韩信所言，实为“妇人之仁”。

几天后，项羽引兵入咸阳，屠城，杀降王嬴婴，火烧秦宫室。熊熊大火三月不灭，一代帝都遂成废墟。有人说，这场大火给中国文化带来的损失，远超秦始皇的焚书坑儒。项羽不仅失去了关中人心，徒留万千仇恨，而且间接成就了刘邦“正义之师”的美名。

严重缺乏政治头脑的项羽还在继续犯错，当咸阳大火尚在燃烧之时，项羽尽掠珍宝美女，打算东归故乡。有人劝阻说，关中地理位置优越，土地肥饶，应该在此成就一番霸业。言下之意，希望项羽在关中称帝。哪知项羽却说：“富贵不归故乡，如衣绣夜行，谁会知道？”天下形势发展到了如此地步，他念念不忘的还是荣归故里，炫耀项氏家族的世袭荣光。

公元前206年春夏之交，项羽如愿回到了故乡。

放杀义帝与彭城大捷

徐州市中心有一处景点名为戏马台，是古城徐州现存最早的古迹之一。据说当年项羽东归后，曾在此处戏马阅兵。景区立有项羽雕塑一座，与别处怒目圆睁、须发张扬的项羽塑像大异其趣。它不仅刻画出了项羽的豪气，眼神中似乎还透露出一丝忧郁。

这是一个非常复杂的人，在他身上交织着多种性格和情感。比如他曾屠城坑卒，杀人不眨眼，但同时又十分爱护自己的兵士，显露出性情仁厚的一面；他行事粗疏，缺乏政治头脑，但有时又表现得富有谋略，巨鹿之战破釜沉舟，百二秦关终属楚，项羽不为无谋；他曾脱口而出“彼可取而代也”的豪言，但又不时显露出衣锦还乡的短浅目光。

显然，项羽具有多重人格症的典型特点，这可能与他的生长环境和际遇有关。他生于贵族之家，少时的优渥生活可以想象。但忽然有一天，秦国大军灭了项氏赖以存在的楚国，环境立即发生转变，他背井离乡流亡吴中，巨大的心理落差对处于心理塑造期的少年项羽产生了猛烈冲击，痛苦淤积不去，终于导致人格分裂。成年之后，他混迹江湖，处于一群流氓之中，有时可以安然相处，但往昔记忆的碎片时时袭来，令他痛苦不堪。而痛苦必须得到宣泄。

鸿门宴，项羽不杀刘邦，是因为他人格中贵族的一面逼迫其顾及“廉耻”和“义气”；但他又很矛盾，所以犹疑不决。随后的咸阳屠城，可以视为对前此矛盾、痛苦情绪的宣泄。

项羽毅然归故乡，是另一种宣泄，是对已逝岁月的一种补救。因为其中几乎没有任何理性分析的因素，整个事件看起来就像一场游戏。

游戏规模还在继续扩大。

项羽回到彭城不久，即宣布建立西楚王国，定都彭城，自号西楚霸王。他重定秩序，大封天下，一口气将全国划分为19个王国。项羽建立的不是一个国家，而是一个极其松散的联盟，国王又完全由项羽随意而定，这为随后的变乱埋下了伏笔。

19位国王之中，刘邦被封为汉王，都南郑（陕西汉中），所辖区域包括巴、蜀与汉中。而广大的关中地区则被项羽一分为三，即雍、塞、翟，分别立秦降将章邯、司马欣、董翳三人为王。项羽之所以如此安排，一是希望章邯等人能将汉王刘邦堵死在偏僻的南郑；二是项羽自认为，巴蜀也

算关中之地，将刘邦封在那里即是守约。尽管项羽对刘邦先入关中依然怀恨在心，但他有自己的底线，表面上一定要遵循某种秩序，信守某种誓约。

刘邦赴南郑，与其说受封，不如说遭放逐。但在项羽威压之下，不得不听，并且依然采取了示弱的策略，率部入南郑，军队一过就烧绝栈道。

项羽见状，放下心来，着手处理自己的事：一面佯尊芈心为“义帝”，一面找个理由将芈心放逐到长沙郴县（今湖南郴州），并在半道上派九江王英布杀掉了芈心。

芈心虽为傀儡，但并非无用。项羽放杀义帝，等于放弃了自己的道德合法性，这又是一个重大的政治错误。果然，西楚建国不出两个月，齐国带头发起叛乱，天下再次乱成了一锅粥。项羽纵兵东方，不料胜利越多，叛乱的规模也越大，西楚兵团陷入了战争的泥沼之中。

南郑崇山之中的汉王刘邦按捺不住了，他听从韩信之计，“决策东向，争权天下”。

汉军翻越秦岭，一举扫平关中，雍、塞、翟之国尽数归汉。公元前205年初，刘邦出关，所做的第一件事就是为义帝发丧，并历数项羽之罪，号召各路诸侯起兵伐楚。司马迁在《史记·高祖本纪》中，用四个字对刘邦在丧礼上的表现做了生动描写：“袒而大哭”。

楚汉之争正式开始。公元前205年初，刘邦率诸侯联军56万之众攻破西楚王国首都彭城。一入城，他便搜掠财宝美女，日日饮酒高会。当年的浪荡儿又回来了。

深陷齐国苦战的项羽闻听都城被破，急忙回兵西救。当时汉军主力布防在彭城以东，哪知项羽却率领三万精锐骑兵，绕道西方，趁夜色悄悄逼近彭城。战斗在清晨时分开始，东部防线还没见到楚军的影子，彭城已然被项羽攻破。这是一场经典的速战，日中时分，汉军一败涂地，数十万人仓惶逃命。项羽一路狂追，在谷水、泗水、睢水击杀汉军20余万，其中仅被挤入睢水中淹死的就有10万之多。血色弥漫，睢水为之不流，而汉王刘邦也被楚军层层包围。

刘邦一生，所遭遇的最大危险，除鸿门宴之外，大概就属这次了。但冥冥中似有天意，正当刘邦绝望之时，忽有大风自西北而来，一时飞沙走石，树倒屋塌，刘邦遂与数十骑趁乱得脱——这一情景写在《史记·高祖本纪》之中，但多少显得离奇，因此我怀疑它并非史实。

彭城之役，项羽用兵如神，以区区三万人大破汉军数十万，尽显西楚霸王之威风，也成就了他军事生涯的巅峰之作。刘邦虽然侥幸逃脱，但他的父亲和老婆却被楚军活捉。项羽以为，以刘邦之父为人质，可以威胁刘邦屈服。

合约不过是空话

位居河南省会郑州西部的荥阳市，其北部有一座广武山。山虽不高，但矗立黄河南岸，地势十分险要。2009年秋天，我曾登上广武山，俯瞰黄河东流去。战国末期，秦国曾在此掘沟，引黄河水以灌魏都大梁（今河南开封），最终灭掉了魏国。

这条沟，即是著名的鸿沟，在中国象棋的棋盘上，它被符号化为“楚河汉界”。荥阳人将其视作本地的名片，言必说象棋、鸿沟，以及与之紧密相连的楚汉相争。

濠城，垓下遗址（摄影/郑云峰）

在这场战争的中期，荥阳成为一个核心地点。公元前205年末，挟彭城大捷之威，霸王项羽继续纵兵追击刘邦，双方在荥阳相遇。然而，大将韩信以一场漂亮的阻击战大败楚军，使得楚汉双方在荥阳地区形成了相持局面。

这一次相持，旷日持久，前后一年多时光，双方互有攻守，谁也无法吃掉对方。但此间发生的几件事却对最终战局产生了重大影响。

其一，是在相持阶段初期，楚军合围荥阳，汉军粮尽，向西楚求和而不得，于是使出一条计策：浓重夜色笼罩之下，刘邦派两千女子披盔戴甲出东门，寄望以此迷惑楚军；项羽果然上当，四面击之；此时，刘邦手下将军纪信登场，他扮作刘邦模样，高呼投降；楚兵欣喜若狂，纷纷聚集东门围观，而此时刘邦已从西门夺路而逃。此计虽然成功，却狼狈不堪，成了刘邦的又一笑柄。但刘邦并不在乎，这个在底层磨砺出来的中年人，从藏污纳垢的民间积累了足够的生存智慧，对于尊严之类并不看重，他要的是结果。

胜败兵家事不期，包羞忍耻是男儿。江东子弟多才俊，卷土重来未可知。
——杜牧：「题乌江亭」

其二，当刘邦连续受挫之时，大将韩信却在外围战场连战连捷，只几个月功夫，就将黄河以北的诸侯全部征服。对项羽而言，这是个沉重打击，也意味着西楚开始逐渐成为一支孤军。

其三，韩信在东方破齐之后，野心陡升，开始怠慢刘邦，按兵不动。刘邦恼怒，打算派兵攻击韩信。此时张良献计："不如干脆封韩信为齐王，许以土地。"此计一出，韩信立即甘为刘邦驱遣。同样受封的，还有大将彭越。在此前后，刘邦还使用计谋，成功地将项羽得力助手九江王英布拉入自己阵营，这等于断了项羽一臂。如今，刘邦身边已经人才济济：武有韩信，谋略有张良，汉中后方，则有萧何不断补充人力物力，为持久战做足准备。

其四，在刘邦不择手段延揽人才的同时，项羽却在愚蠢地排挤人才——他手下唯一的、同时也忠心耿耿的谋臣范增，在刘邦反间计作用下，引起了项羽的怀疑。素来轻信的项羽不经任何调查，立即削弱了范增的权力。范增大怒，请求还乡，项羽居然又不假思索地答应。公元前204年，郁气在胸的亚父范增因病死于还乡途中。亚父之死，使项羽失去了极其重要的智力支持，他只剩下了胆量和勇气。

除此之外，还有两个重要细节，虽然对整体战局不起推动作用，但却可以从中看出刘邦、项羽二人的本质区别。

第一个细节和刘邦的老父亲有关。当时彭越纵横西楚后方，断了楚军粮道，项羽心中担忧，就把刘父带至阵前，支锅燃火，并派人告诉刘邦：你如果不妥协，就把你爹煮了。刘邦听后，说出了一段令人瞠目结舌的话："当年我和你曾在怀王面前结为兄弟，那么我爹就是你爹；如果你煮了我爹，就请分我一杯羹吧。"

第二个细节，是在广武山相持后期，双方都消耗得筋疲力尽、欲罢不能之时，项羽派人告诉刘邦："就因为我们两人的缘故，天下大乱了好几年。我愿与你决斗，一决雌雄，不要再让天下人受苦了。"视战争如游戏的缺陷再次显露在项羽身上，他居然要和刘邦单挑！刘邦大笑着拒绝了："我只斗智，不斗力。"

公元前203年秋天，疲惫不堪的楚汉双方终于达成合约，以鸿沟为界中分天下。鸿沟以东为楚，以西为汉。合约既成，项羽随即放了刘邦的父亲和老婆。

天真的项羽以为天下就此可以无事了，心满意足地引兵而回。哪知还未回到彭城，刘邦已经撕毁合约，派各路人马追击项羽。这又是张良的计谋："楚兵疲粮尽，此天亡楚之时也，不可养虎为患！"

在这个天寒地冻的冬天，数度苦斗之后，汉军的包围圈越缩越小，而项羽且战且退，徒剩招架之功。公元前203年底，项羽被刘邦穷追至垓下。

垓下突围与乌江自刎

垓下之战的遗址在濠城镇北部，沱河南岸。河北岸，即是灵璧县的青翠田野。我曾查看资料，发现许多人说垓下遗址在灵璧，而且灵璧与固镇两县也曾为此大打嘴上官司。2009年夏天，有媒体报道，两县都打算投巨资兴建垓下之战遗址公园。如果一切顺利，可以想象，几年之后，两县都会出现一个地广人稀的巨型游乐场。

2009年春天我到濠城时，被指为遗址区的农田上，正在进行考古发掘。当地媒体朋友告诉我，此类发掘已进行了很多年，出土了很多汉代遗物。行走在田间，处处可见散落的汉代瓦片，而附近的村庄里，许多村民家中都藏有箭头，说是从田里耕出来的。

事实上，垓下之战的遗址绝不可能是如此小的范围。当年大战时，刘邦拥兵近50万，西楚兵卒也不下10万，怎么可能在区区几平方公里的土地上开战？从这个角度来说，垓下之战的遗址覆盖了固镇与灵璧的大片区域，只不过核心区域可能在固镇濠城。

公元前202年初，10万楚军在垓下被团团围困，四面楚歌。

项羽想起几年来戎马倥偬，战无不胜，是何等气概，如今盖世英雄陷入绝境，不由一阵伤感，于是起而饮酒。几杯之后，愈发气闷，乃慷慨作歌曰："力拔山兮气盖世，时不利兮骓不逝。骓不逝兮可奈何，虞兮虞兮奈若何！"

他将自己的失败归咎于飘渺的天命，所惋惜的也不是故国疆土，而是自己的坐骑乌骓马和宠姬虞美人。

项羽歌罢，虞姬起舞相合，歌数阙："汉兵已略地，四方楚歌声。大王意气尽，贱妾何聊生。"帐中人听毕，全部潸然泪下。

这一仗，项羽未战先败。战亦败，不战亦败，但低头认输不是他项羽的风格。他的对手刘邦可以委曲求全，以图将来，但项羽不能。他的气质决定他只能向前，即便那是一片死地。

夜色中，项羽开始突围，追随者仅800骑兵。一番奔突之后，800人仅剩下100多号。由于夜幕笼罩，汉军在平明时分才弄清楚项羽所在，于是立

乘运应须宅八荒，男儿安在恋池隍。君王自起新丰后，项羽何曾在故乡。
——李商隐：「题汉祖庙」

即派骑将灌婴率精兵五千前往追击。

此时项羽已经渡过淮河，到达阴陵（在今安徽定远县）。他打算从阴陵继续南下，一路直达乌江渡口，在那里渡过长江天险，到达他的第二故乡和发迹之地——江东。从时间上推算，这个安排没有任何问题，但是命运捉弄了项羽，当他向一个农夫问路时，那农夫给他指了一个相反的方向。结果项羽误入大泽之中，耽误了宝贵时间，被灌婴骑兵追及。

这个在史册上无名无姓的农夫，有意或是无意间左右了项羽的命运。但在定远县永康镇古城村，我意外地被告知，这位农夫名叫陈铎。村头的小学校旁，残破不堪地"摊"着一座陈铎祠，村里人说，陈铎有大功，所以被立祠纪念。

陈铎其人，难以考证，但我相信他是故意指错道路——在刘邦强大的舆论宣传之下，人心早已归汉了。

迷失道路的项羽与灌婴又是一番血战。等到他重新摸准方向，进入东城境内，强渡清流关，越过九头山，到达四聩山之时，身边只剩下28人。面对汉军的再度包围，项羽告诉部下："此番战败，不是我不会打仗，是天要亡我，不信，我打给你们看！"于是兵分四队，杀向汉军。司马迁浓墨重彩地描写了这一场战斗，楚军仅损失两人，汉军却死伤数百，仅项羽一人就击杀一百多个，而且还斩杀一名都尉。二十六骑再次聚合，项羽发问："看，我打得怎么样？"

这看似豪气冲天的轻松自如，实则是一种掩饰，他不肯认输，但绝望早已弥漫心间。

乌江渡口终于出现在项羽面前。滚滚长江，浩浩荡荡，对岸，即是他翘首以盼的江东，只要过去，他就安全了。他很年轻，31岁，还有卷土重来的机会。

乌江亭长已经等候多时，他劝项羽立即过江："江东虽小，但地方千里，人民众多，也足以称王了。"无人知道，这一瞬间项羽想起了什么，我们只知道，他做出了一个令后人困惑不已的决定——拒绝渡江。

"天要亡我，渡江何用！当年我率领八千江东子弟渡江而西，如今却只有我一人回来。即便江东父老可怜我，让我继续为王，我又有什么面目去见他们？就算他们不说，难道我心中无愧吗？"

从欲渡到拒渡，项羽多重人格症的特征展露无疑。而他心中最难剔除的症结，依然源于他体内的贵族气质——一切都可以失去，但不能没有尊严。

极端情况顺理成章地出现了：项羽弃马，徒步与追来的汉兵血战，斩杀数百人，然后挥剑自刎。

这悲烈的一幕，因其浓重的悲剧色彩，成为古代中国最经典的场面之一。项羽乌江自刎，以死保全了自己的尊严。他完成了对自己的终极救赎。

他的尸体被五位汉将大卸五块，带回去向刘邦请赏了。我们应该记住这五个人的名字：王翳、杨喜、杨武、吕胜、吕马童。最后一个，是项羽的故人。

公元前202年，刘邦统一天下，建立汉王朝，完成了从流氓到皇帝的转换。

> 楚歌声逐愁云起，夜帐明灯里。振衣献舞拭龙泉，拼却一腔热血洒君前。顾骓无语军情变，似雪刀光乱。桃花片片堕东风，化作墓头荒草泪丝红。（清·杨兆鋆·《虞美人》）

这首词所述的，正是四面楚歌那一夜，虞姬歌罢，自杀身亡的情景。这个女子，史书只传其姓，无名，但在五代时，她成为词牌《虞美人》的来源。对于整个楚汉战争，她无足轻重，但对于项羽却至关重要。英雄美人两相宜，虞姬软化了项羽的坚硬形象，使他短暂豪迈的一生，多了一丝浪漫色彩。

虞姬墓在灵璧县，我曾前往游览，守门人告知：不许拍照。问及原因，答曰：万一是固镇的人来偷资料怎么办？古人有知，该愤怒还是该苦笑？

生当作人杰，死亦为鬼雄。至今思项羽，不肯过江东。
——李清照：「绝句」

安徽和县乌江镇，

柒

赤壁之战

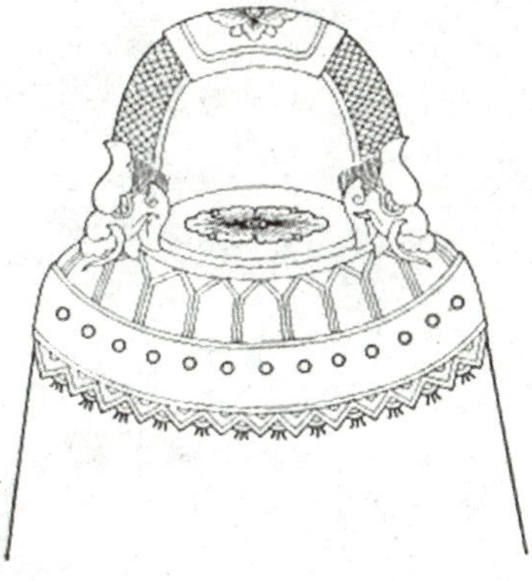

湖北荆州古城，藏兵洞

赤壁

公元208年冬天，率领大军南征的东汉丞相曹操在赤壁（在今湖北省赤壁市）遭遇了一生中最耻辱的一败。

胜败本属兵家常事，但这一次失败影响重大，它不仅使曹操廓清四海、重整河山的梦想破灭，更把中国带入一段长期的分裂。从汉代的大一统到三国时代的魏、蜀、吴并立，正好应和了“天下大势，分久必合，和久必分”的宿命循环。

这场大战，恐怕是中国人最熟悉的古代历史事件之一，其中几位主角如曹操、刘备、孙权、诸葛亮、周瑜、鲁肃等人更是家喻户晓。究其缘由，实际并非正史如《三国志》抑或《资治通鉴》等的功劳，实是因为一本发行量巨大的“奇书”《三国演义》的推波助澜。这部小说并没有从基本框架上改写历史，但对贯穿其中人物、事件的细节却极尽演义之能事，终至给今人造成如下印象：曹操奸诈残酷、刘备贤能仁爱、孔明多计如神、周瑜气量狭小、鲁肃庸碌无能……具体到赤壁之战，则将孙刘联军的胜利归功于诸葛亮借来的东风。

《三国演义》属民间文学系统，但又不同于完全虚构的小说，这从其全名《三国志通俗演义》即可看出。此书“七分实、三分虚”的特点，潜移默化影响了读者的历史观，以至于小说本身经常被误读为历史，对此，历代学者多有抱怨。因此，我们必须穿过“演义”的迷雾，还原那段历史的真实情况、那些人物的真实面貌以及赤壁之战的前因后果，才能给赤壁之战一个公正的评价。

曹操大战略与“正统”的魔法

2009年秋天，我从河北临漳出发一路南行，从河南南阳进入湖北北部的襄樊，然后自襄樊至荆州，自荆州至乌林，最后到达与乌林一江之隔的赤壁古战场遗址。

这条路线，正是公元208年曹操南征的路线。曹操目的是拿下荆州，然后以荆州为跳板，挥师挺进长江流域，最终击败盘踞江东的孙权集团，廓清四海，重整河山。

那时的“荆州”与如今的湖北省荆州市，不是一回事。在历史上，荆州是一个非常广阔的地理区域，其北部边界在今河南南端，向南则直达广西桂林、广东韶关一带；向西可到贵州境内，向东则靠近湖北、江西两省交界处。从中国政区图上可以看出，这片巨大区域纵跨汉水、长江和湘江流域，其重要性可想而知。东汉末年，整个荆州地区共辖九郡，即南阳郡、南郡、江夏郡、零陵郡、桂阳郡、武陵郡、长沙郡，以及从原来南阳郡、南郡中分出的襄阳、章陵二郡。当时刘表据守的荆州实际上指的是襄阳（今湖北省襄樊市）。

为了这次南征，曹操已经准备了十余年。

公元196年，曹操接受谋士毛玠的建议，派兵将无家可归的汉献帝刘协迎请到了自己的根据地许县（今河南许昌）。把当朝皇帝“保护”在自己的羽翼之下，这是曹操政治生涯中的一个重大转折点，从此以后，他获得了以皇帝名义向诸侯施令的有利政治地位。

当时东汉王朝的广阔疆域已被瓜分完毕，诸路军阀各自拥兵一方：黄河以北，有幽州公孙瓒和冀州袁绍；南方有南阳张绣、淮南袁术和荆州刘表；东方有徐州吕布，东南方有江东孙策；西方有凉州韩遂和马腾，西南方则有益州刘璋。此外，还有居无定所、四处游荡的刘备。有一点必须注意，这些人都是东汉王朝的各级将领——虽然王朝大厦将倾，皇帝形同傀儡，但手握重兵的他们依然要听从皇帝的号令，哪怕只是做个样子；否则，即是毛玠所谓“不臣”，天下人人可得而诛之。曹操正是抓住了这一点，才使得自己“奉天子以令不臣”的政治策略行之有效。

在此有利条件下，曹操构筑了自己的战略宏图：他决定采取由近及远、先弱后强的主动性攻势策略，先统一黄河以北地区，然后东征西讨，平服两翼，最后南征江汉，统一全国。

公元207年，曹操以十年之功，将乱作一团的黄河以北地区整饬一新，使得长久陷于乱兵之苦的人民重新过上安稳的日子，可谓居功至伟；而北方初定，曹操就鼓励农桑、兴办学校、安抚人心，更是深谋远虑。但曹操并没有因此留下美好的名声，在民间反倒成了“奸臣”的代名词——具有十足政治野心、奸诈多诡计同时又不择手段；在戏曲舞台上，曹操的脸谱被画成白色，脸上布满皱纹，以象征其奸诈诡谲。

这一番奇妙转变，有多重因素的参与。其一，曹操本人的确有奸诈多谋略的一面；其二，三国之际史料来源及作者立场十分复杂；其三，一个可疑的儒家词汇“正统”起了巨大作用。

何谓正统？字面义即是封建王朝前后相承的系统，而辨别一个王朝是否合乎正统标准，则要看其获取天下的手段是否正当，以及管理是否有效等等。这实在是一个非常主观的问题，多数时候取决于判断者的身份和立场——比如三国时代，魏、蜀、吴三家，谁是正统？西晋的陈寿，在史书《三国志》中尊魏为正统；东晋的习凿齿，在史书《汉晋春秋》中则尊蜀为正统；北宋时，司马光撰《资治通鉴》，把正统再次归魏；到了南宋，朱熹作《通鉴纲目》，蜀又成了正统。

那么，陈寿等人为何要如此改来改去呢？因为修史者要站在他所在王朝的立场，维护这个王朝的“正统性”。陈寿活在西晋，而西晋是从曹魏“禅让”而来，他若废去曹魏的“正统”地位，就意味着同时剥夺了西晋的合法性。其他几位修史者与此大同小异。

湖北赤壁，曹操塑像

这变戏法般的改来改去，对整体的历史进程固然没有什么影响，但对于具体人物的描写，却可以产生翻天覆地的变化。以魏为正统，当然不能说曹操的坏话；以蜀为正统，肯定要多提刘备、诸葛亮的好处。

“正统”的变换顺理成章地影响到了民间的审美观和价值观。今天人们所熟知的三国故事，在朱熹的时代全部定型，而曹操也是在那时经由戏曲、话本等民间艺术形式彻底被改写为一个反面人物。此后不久诞生的小说《三国演义》顺应民意，沿袭了南宋对“正统”的看法，并将此前各种门类的三国故事发扬光大，遂在芸芸大众中坐实了曹操“奸臣”的身份。

公元207年的曹操无从预料身后这番神奇变化，那时他春风得意，踌躇满志。当然，胜利没有让他忘记自己的终极目标，在邺城，他专门修建了玄武池以训练水军，为南征作最后的准备。

那时，曹操眼中的敌人只剩下三个：据守荆州的刘表、寄居在刘表屋檐下的刘备，以及接替兄长孙策之位的孙权。时代的焦点逐渐从风云变幻的中原地区转移到了南方江汉之间的荆州。

刘备也盯上了荆州

在民间的意识形态中，刘备是作为曹操的对立面出现的，他仁慈、贤能、爱民如子。但事实上正如历史学家黄仁宇先生所说，刘备的诡谲狡诈，并不比曹操逊色多少。

起初，刘备是群雄之中实力最弱的一个，连固定地盘都没有，但却最受曹操重视。

公元200年左右，刘备曾经投奔曹操，在许县住了一段日子，当时他与曹操有过一段著名对话，小说《三国演义》称之为“煮酒论英雄”。根据《三国志》的记载，曹操的原话是：“今天下英雄，唯使君与操耳。本初之徒，不足数也。”“使君”指的是刘备，“本初”指的是袁绍。曹操的意思是，放眼天下，只有你刘备和我曹操可称人中英杰，袁绍等人，我根本没放在眼里。

曹操如此看重刘备，但刘备还是转身投奔了北方的袁绍——一是因为他参与谋害曹操的阴谋泄露，二是因为袁绍势大。不料袁绍在官渡被曹操一击而溃，刘备只好再度流亡。这一次，他一口气越过中原，跑到汉江边上的荆州投靠了刘表。

刘备仓惶奔至荆州是在公元201年，而曹操大军南征，是在公元208年的7月。也就是说，此时刘备已经在刘表屋檐下低头生活七年之久，职责就是为刘表守护荆州北大门——新野（今河南新野）。或许刘备此时尚未明白荆州的重要性，但有一个人早已意识到了。

公元207年，刘备在隆中（今湖北襄樊市西）的山林中，得到了自比管仲、乐毅的一代奇才诸葛亮。在隆中，他标榜了一番自己的出身和伟大理想后，问诸葛亮该怎么办。诸葛亮随即提出了自己的对策，其核心有三点：其一，与孙权结盟；其二，占据荆州；其三，称王巴蜀。在诸葛亮看来，荆州北据汉、沔，利尽南海，东连吴、会，西通巴、蜀，“此用武之国”，只要拿下荆州，就等于成功了一半。

这就是著名的《隆中对》，其重要性和高瞻远瞩，堪与曹操的战略大构想相提并论，而且有过之而无不及。可惜，这个策略提出得有点晚。几个月之后，曹操就领着十数万大军从邺城直指荆州，对曹操而言，荆州不仅是挺进长江流域的最佳跳板，而且，刘表手下的10万水军，也将是一笔巨大财富。

公元208年8月，曹操大军还没到新野，荆州牧刘表就连病带吓，一命呜呼。其次子刘琮阴谋继任后，立即向曹操举手投降。不费一兵一卒，荆州城就到了曹操的手中。此时刘备还不知道荆州已经发生翻天覆地的变化，等到消息传来时，曹操大军已进入新野境内。惊慌失措的刘备立即率部南逃。

过襄阳时，深知荆州利害的诸葛亮提出攻打刘琮，将荆州据为己有。事实上，早在刘备“三顾”之时，诸葛亮就暗示刘备从刘表手中夺取荆州——荆州地理形势优越，“而其主不能守，此殆天所以资将军，将军岂有意乎？”但当时刘备说刘表有恩于自己，不忍下手。此番曹操大军压境，而刘表已亡，刘琮降操，诸葛亮以为刘备不再有所顾虑，所以直言攻取。哪知刘备还是以不愿背信弃义为理由，拒绝了诸葛亮的提议。

表面看，这是刘备的重大战略失误，实际上并非如此。刘备不取荆州的真实原因，不是不愿，实是不能，以他的兵力，绝无可能从自恃有曹操撑腰的刘琮手中夺取荆州。而其所谓“信义”等理由，很显然是个借口。当年吕布、曹操、袁绍都曾有恩于刘备，刘备皆轻而易举背叛之，为何偏偏要对刘表守信义？如果说是因为他和刘表同姓，都是汉室宗亲，那刘备日后从刘璋手中夺取益州又如何解释？

曹操闻听刘备南逃，恐其占据江陵（今湖北荆州），于是派遣五千精骑纵马急追，一日一夜行300里，终于在当阳（今湖北当阳）长坂追上了刘

东临碣石，以观沧海。水何澹澹，山岛竦峙。树木丛生，百草丰茂。秋风萧瑟，洪波涌起。日月之行，若出其中；星汉灿烂，若出其里。幸甚至哉，歌以咏志。

——曹操：「观沧海」

赤壁之战遗址

赤壁

备。尽管刘备手下张飞和赵云在这里表现出了万夫莫当之勇，以至于被小说《三国演义》涂抹上浓厚的神话色彩，刘备还是一败涂地。《三国志》记载说，他狼狈地抛妻弃子，仅与几十骑得脱。此番场景不由令人想起他的先祖——西汉开国皇帝刘邦。

这个时候，一个来自孙权集团的人出现在了刘备面前，并且带来了好消息。这个人就是鲁肃。

鲁肃，一个关键人物

在小说《三国演义》中，鲁肃被描绘成一位老实巴交、没有什么能力的庸才，整天围着诸葛亮转，以衬托后者的绝顶聪明。但这个“演义”有点过分，因为历史上的鲁肃非但不是庸才，而且简直可以称之为奇才。

当刘表死亡的消息刚传到江东之时，鲁肃立即敏感地意识到，这是一个重大契机，于是向孙权建议：“夫荆楚与国邻接，水流顺北，外带江汉，内阻山陵，有金城之固，沃野万里，士民殷富，若据而有之，此帝王之资也。今表新亡，二子素不辑睦，军中诸将各有彼此。加刘备天下枭雄，与操有隙，寄寓于表，表恶其能而不能用也。若备与彼协心，上下齐同，则宜抚安，与结盟好；如有离违，宜别图之，以济大事。肃请得奉命吊表二子，并慰劳其军中用事者，说备使抚表众，同心一意，共治曹操，备必喜而从命。如其克谐，天下可定也。今不速往，恐为操所先。”

从这段话可以看出，鲁肃眼光高远，与诸葛亮可谓英雄所见略同，都看到了荆州地理的极端重要性以及孙刘联手的紧迫性。而且，与《隆中对》相比，鲁肃的策略还有预案，更显得进退裕如。

孙权接受鲁肃建议，派遣其前往荆州吊唁。不料变化远比计划快，鲁肃在半途得知刘琮投降，而刘备已南逃至当阳，于是当机立断，赶赴当阳去见刘备。那时刘备已经到了山穷水尽的地步，打算投奔远在千里之外的苍梧（今广西苍梧县）太守吴巨。鲁肃见状，向刘备献上了自己的计策：“孙讨虏（指孙权）聪明仁惠，敬贤礼士，江表英豪，咸归附之，已据有六郡，兵精粮足，足以立事。今为君计，莫若遣腹心使自结于东，崇连和之好，共济世业，而云欲投吴巨，巨是凡人，偏在远郡，行将为人所并，岂足托乎？”

鲁肃这番话既表明了自家态度，又对刘备无丝毫不敬之意。刘备闻之大喜，随即接受鲁肃建议，与关羽所率水军以及江夏太守刘琦（刘表长子）部众共计两万人，奔赴夏口（今湖北武昌）；同时，派遣诸葛亮与鲁肃一起前往柴桑（今江西九江）面见孙权。

此时孙权正陷在焦虑不安之中，寝食难安，因为他收到了曹操自荆州发来的招降书："近者奉辞伐罪，旄麾南指，刘琮束手。今治水军八十万众，方与将军会猎于吴。"

作为"建安文学"最有代表性的诗人之一，曹操这份招降书只有短短30个字，看似轻描淡写，实则刚柔相济、恩威并举，立时在柴桑引起剧烈震动。孙权手下群臣大多主张投降，只有鲁肃力主抗曹，他私下向孙权进谏："向察众人之议，专欲误将军，不足以图大事。今肃可迎操，如将军不可也。何以言之？今肃迎操，操当以肃还付乡党，品其名位，犹不失下曹从事，乘犊车，从吏卒，交游士林，累官故不失州郡也。将军迎操，欲安所归？愿早定大计，莫用众人之议也！"

鲁肃的建议情真意切，而且完全从孙权的角度考虑问题，令孙权十分感动，大呼："此天以卿赐我也！"孙权抗曹之心初定，但并没有彻底放下心来，于是鲁肃适时向他引见了诸葛亮，并建议立即召回镇守鄱阳的大都督周瑜。

这一番左右穿插，鲁肃不仅思维缜密，而且很讲究策略。正是他的穿针引线，才使得当时最有才华的几位人物聚集到一起，让孙权得以听到多方意见。后来当赤壁之战结束时，孙权尽遣诸将恭迎鲁肃，他自己也亲自下马相迎，对鲁肃推崇备至。再后来，周瑜病困，上疏孙权，请求让鲁肃代替自己的职位，也从一个侧面反映出鲁肃治兵的才能。

出于《三国志》的这些记载表明，鲁肃不仅是东吴最具才华的贤臣之一，更是赤壁之战的一个关键人物。

既生瑜，又生亮

诸葛亮在柴桑的出场，被小说《三国演义》描绘得轰轰烈烈，即所谓"舌战群儒"，孙权手下一群主降派谋士被他驳斥得哑口无言。

可惜，这个令人热血沸腾的场面不过是小说家的想象，根据《三国志》的记载，真实的情况是，诸葛亮直接被鲁肃引至孙权面前，并发表了如下演讲："海内大乱，将军起兵据有江东，刘豫州（指刘备）亦收众汉南，与曹操并争天下。今操芟夷大难，略已平矣，遂破荆州，威震四海。英雄无所用武，故豫州遁逃至此。将军量力而处之：若能以吴越之众与中国（即中原，指曹操）抗衡，不如早与之绝；若不能当，何不案兵束甲，北面而事之？今将军外托服从之名，而内怀犹豫之计，事急而不断，祸至无日矣。”

这段演讲词绵里藏针，至少包含三层意思。其一，承认刘备暂时失败，但这是“英雄无所用武”，并非刘备无能，并进而将刘备、孙权与曹操置于完全平等的地位；其二，不急于劝谏孙权抗曹，而是反其道而行之，劝其量力而行：敢打就打，不敢打就投降算了；最后，直指孙权的七寸：当断不断，犹豫不决，必将惹祸上身。这三层意思欲扬先抑，层层推进，最终目的就是刺激孙权。

果然，孙权十分不高兴，反唇相讥：照你这么说，刘备干嘛不投降？

诸葛亮看孙权面带不悦之色，心知演讲已经起到作用，于是乘势猛攻：你孙权可以投降，但刘备是汉室后裔，天下英才，他怎么能投降呢！

孙权素来以盖世英雄自许，面对诸葛亮如此嘲讽焉能不怒：“吾不能举全吴之地，十万之众，受制于人，吾计决矣！非刘豫州莫可以当曹操者，然豫州新败之后，安能抗此难乎？”孙权一怒之下决意抗曹，一言既出，自然不能随意反悔。但怒气过后，他还是要问诸葛亮：刚吃过败仗的刘备，有什么把握能抵抗曹操？这句话虽然略含讽刺，但诸葛亮刺激孙权的目的已经达到，于是立即坦诚相告自己有把握取胜的理由：

其一，刘备手下尚有精兵两万余人；

其二，曹操长途奔袭，追击刘备，已是强弩之末；

其三，曹操手下多是北方人，不习水战；

其四，荆州水军虽然投降曹操，但心中不服，因此战斗力必然不强。

孙权听后非常高兴，立即同意了孙刘联合抗曹的建议。

此时，镇守鄱阳的大都督周瑜也赶回了柴桑，并向孙权贡献了自己的意见：

其一，北方并未完全平定，马超和韩遂尚在关西，这是曹操的后患；

其二，舍鞍马，仗舟楫，与吴越争衡，这是以北方之短击南方之长；

其三，眼下正值隆冬，曹操粮草匮乏；

其四，北方士兵水土不服，必生疾病。

对比诸葛亮和周瑜各自的形势分析，可以看出见解大略相同，不过诸葛亮的分析更直接，而周瑜的分析则更显宏观和全面，略胜诸葛亮一筹。

周瑜此人，在小说《三国演义》中被描绘为小肚鸡肠、嫉贤妒能之人，而且几欲加害诸葛亮，实际上此人非常有雅量，而且谋略高超。陈

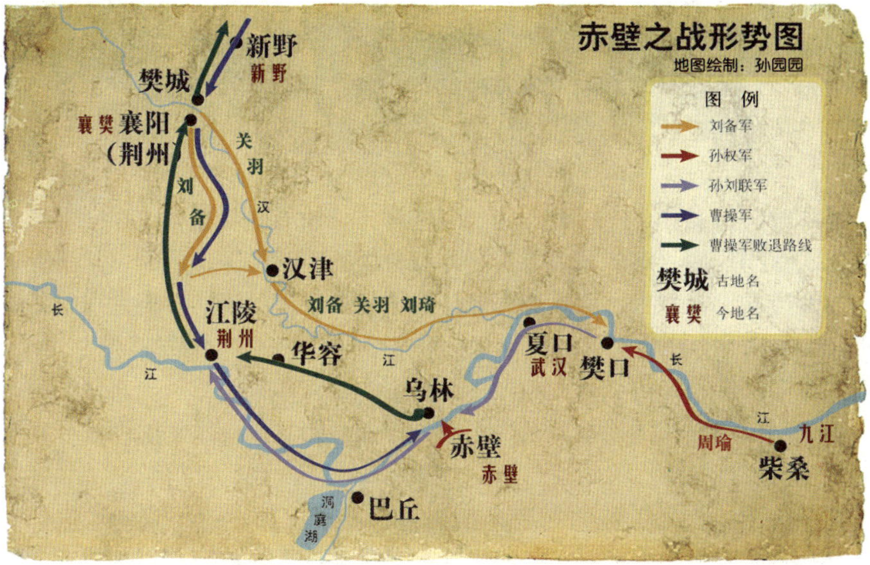

寿在《三国志》中盛赞周瑜“性度恢廓，大率为得人”；裴松之则引《江表传》的记载，称老将程普逢人就说：“与周公瑾交，若饮醇醪，不觉自醉。”由此可见，小说对周瑜的“演义”实在是天大的污蔑。

周瑜的话让孙权终于彻底放下心来，誓言抗曹：“孤与老贼势不两立！”并任命周瑜、程普为左右督，鲁肃为赞军校尉，率水军数万，与刘备并力抗曹。

公元208年11月间，曹操大军渡过长江，在赤壁与孙刘联军相遇。

东风是怎么借来的？

2009年10月底，当我从长江北岸的乌林远眺赤壁时，多少有些失望，因为它看起来太平淡了，丝毫不像我想象中那样险要。但当我终于到达赤壁古战场遗址，才发现它不仅险要，而且山林茂密，起伏连绵，的确是凭险用兵的一个好地方。

整个赤壁古战场遗址面积广大，从西北至东南，由三座小山构成，即赤壁山、翠屏山与金鸾山。其主要景点包括拜风台、凤雏庵以及赤壁摩崖石刻等。细细游览一遍，我遗憾地发现，它纪念的不是《三国志》的赤壁之战，而是小说《三国演义》的赤壁之战。这是许多三国遗址的共同特点，无论是襄樊的古隆中，还是荆州的关帝庙，通通涂抹着一层“演义”和传说的色彩，迷人而又可疑。

时序已入深秋，浩荡长风穿过层层丛林，发出呼啸之声；江面上翻卷着浪花，将偶尔驶过的小船颠簸得左右摇晃，令人心惊。两千年前的此时，当曹操的军队刚刚登陆这片陌生的土地，就立即遭到孙刘联军的迎头痛击。曹操见无法立足，急流勇退，回军北岸，在乌林扎下大营。

那时，他的士卒中已经开始出现疫病，正如周瑜所预料的那样。但事实上，这场疫病不可能很大，否则，以曹操的精明和深谋远虑，早就撤军了。北方的士兵水土不服，有可能染上了疟疾之类的疾病，但荆州归降的近十万水军不存在这个问题，因此曹军的战斗力并没有明显的下降。

时间缓慢地滑向12月，冬天早已到来，江风越来越凉了。对峙的时间越长，对远道而来的曹军就越为不利。曹操开始着急，水军的训练节奏也越来越快了。

某一天，周瑜的部将黄盖来信说要投降，原因是得不到周瑜信任，还被痛打了一顿。曹操听了，心中欢喜。又某一天，从江东过来的谋士庞统向曹操献计：可以把战船都用铁索连在一起，那样就不怕大风，北方的士兵也不会晕船了。曹操听了，又是一阵高兴。大江南岸，就在黄盖约降的当天，一身道袍的诸葛亮设七星坛祭风；三更时分，西北风忽然神秘地转为东南风。夜色中，黄盖领着几只小船乘风来投降曹操。曹军正在一片欢呼之时，那些小船忽然火起，然后乘着愈来愈猛烈的东南风，飞速冲进曹军的战船中。火借风势，瞬间吞噬了那些连接在一起的船只，浩荡长江顿时被一片火海从中截开。大惊失色的曹操率军北退，周瑜与刘备水陆并进，追击曹操……曹操侥幸得脱之后，北归邺城。

曲折、传奇、壮烈，同时又掺杂着一丝神话色彩，这就是小说《三国演义》所描写的赤壁之战。然而，真实的情况是怎样的呢？

较之史籍，我们可以发现：

其一，《三国志》没有记载庞统献计，使得曹操将战船用铁链连接在了一起，它只是借黄盖之口说“操军船舰首尾相接”。但“接”并非就是连接，完全可以理解为“接触”。而且即便是连接，也没有证据说明使用的就是铁链，绳索未尝不可，不仅成本低廉，而且遇到火攻可以轻易斩断。

其二，曹操从荆州纳降了近10万水军，足够他在赤壁之战时使用，而他们显然不可能晕船，曹操没必要以晕船为理由把战船连接在一起。

其三，诸葛亮虽天纵之才，但毕竟是凡人，不可能有夺天地造化之法，将西北风忽然变作东南风。

事实上，诸葛亮在劝说孙权决心抗曹之后，就已经完成了使命，根据《三国志》等史书的记载，此后他在赤壁之战中再没有出现。

那么当时的东南风是怎么来的呢？《三国志》只说当时有风，却根本没有提及风向。最早提及风向的应该是为《三国志》作注的裴松之，他在《三国志·魏书·贾诩传》的注中说："凯风自南，用成焚如之势。"凯风即南风，所谓温煦柔和之风。

查看地图，长江在赤壁附近呈西南至东北流向；赤壁与乌林隔江相望，实际上呈东西方向。因此，周瑜如果要用火攻的话，有多个方向的风可以利用：南风、东南风、东风，甚至稍偏一点的东北风，基本都可以起到火借风势的作用。

根据气象学的资料，南方长江流域在隆冬时节刮南风的概率虽然非常之小，但刮东南风、东风与东北风的概率却不小。折中一下，一个月里刮东风或者东南风的几率大概有20%左右，约有6～8天。公元208年的冬天即便稍冷，也与今天相差不多，江水没有结冰就是证明。如此推算，当时出现东风或者东南风的天数，每月有4～5天应该不成问题。

大都督周瑜乃庐江舒（今安徽庐江境内）人，后来跟随孙策、孙权兄弟纵横江汉之间，对于长江流域的天气变化可谓了如指掌。须知，古人虽不像今天有这么多科学仪器帮助预测天气变化，但他们依靠经验对天气做出的判断，却也可以做到十分准确。所以，当周瑜等人定下火攻之计后，所要做的事情就是等待，等待东风的到来。

双方沿江对峙大约将近一个月时，忽有预兆显示，是夜将有东风吹至，于是便演出了黄盖诈降的一幕。

那一夜，是极其壮观的一夜，也是曹操一世英名备遭屈辱的一夜，漫江大火彻底焚毁了他统一天下的梦想。正如后世的李白在《赤壁歌送别》中所叹："二龙争战决雌雄，赤壁楼船扫地空。烈火张天照云海，周瑜于此破曹公。"

曹操一路败退至荆州，不久，就返回到北方黄河流域的邺城。这一战，他手下十几万大军（号称80万），被烧死、淹死、追杀至死乃至踩死的至少半数。从此以后，曹操再也没能组织起如此大规模的远征军。

李白将破曹之功归于周瑜，没有提及刘备、诸葛亮的名字，这与《三国志》的记载大体一致。刘备当然也出了力，但起主导作用的是周瑜。诸葛亮没有草船借箭，更没有神奇地借来东风。民间固执地把赤壁之战的功劳从周瑜手中拿走，"演义"到刘备和诸葛亮身上，却终归要从某些途径还回去。

折戟沉沙铁未销，自将磨洗认前朝。东风不与周郎便，铜雀春深锁二乔。
——杜牧：「赤壁」

天下形势在赤壁之战后开始酝酿巨变。

孙权把治所迁到建业（江苏南京），在江东的统治更加稳固。刘备通过不正当手段，终于得到了日思夜想的荆州，就此完成了诸葛亮《隆中对》的第二步。公元211年，益州牧刘璋遣使来到荆州，请刘备入川帮他铲除汉中郡郡长、五斗米道教主张鲁，以增强益州实力，抵御曹操的西征；因为担心刘备不愿来，刘璋还先后给刘备送去了大量礼物，“前后赂遗以巨亿计”。三年后，益州的主人换成了刘备。

被后人误解良多的政治家曹操在公元220年离世，他的儿子，同样文学造诣深厚的曹丕，在这一年十月逼使汉献帝刘协将皇帝宝座“禅让”给了自己，定国号魏。三国时代开始。第二年春天，汉中王刘备也迫不及待称帝，国号汉，后世称之为蜀汉。而东吴王孙权称帝，已迟至公元229年。

以统一为目的的赤壁之战，却导致了天下三分的结局，曹操地下有知，一定恨恨不已。

赤壁

荆州古城

捌

淝水之战

一场被过分美化的胜利

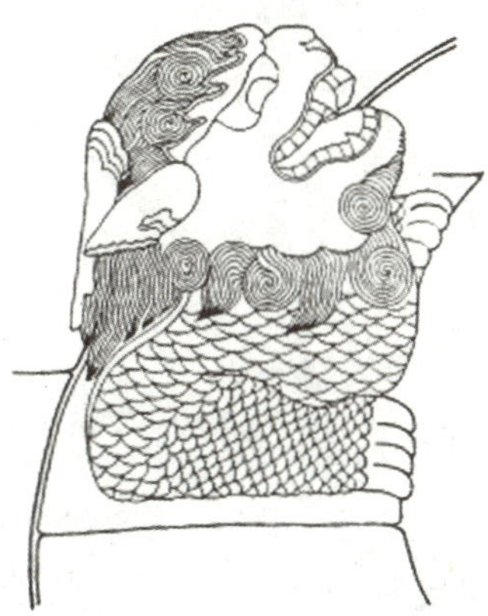

安徽凤台县淮河段，距八公山数里之遥

肥水

如同公元4世纪的许多年份一样，公元383年不是一个好年头。

那时，几乎整个中国都沉沦在著名乱世“五胡十六国”的阴影中。但对于“大汉族主义者”来说，这却是值得庆幸和纪念的一年，因为此年发生的一场会战，避免了中国全部陷入“异族”统治的局面，或者说，是推迟了。

这一年，前秦帝国天王、氐族人苻坚率领千军万马，从首都长安（今陕西西安）出发，一路向万里长江急进。他打算倾全国之力，一举灭掉偏安建康（今江苏南京）的东晋政权，最终统一全国。如果他的计划最终实现，将是中国历史上第一次由少数民族政权完成统一。这是汉族政权一次史无前例的巨大灾难，但对苻坚来说，却美好得恍如梦境。

最后的结果出乎所有人意料，苻坚没能走到长江边上，他的脚步停在了寿阳（今安徽寿县）东南一条名为淝水的小河西岸，在这里，百万前秦大军输给了总兵力不足八万的东晋。这场著名的以少胜多的经典大战被史书详尽地记载下来，千百年来像神话一样广为传播，获胜一方东晋的总指挥谢安更是获得了至高无上的美誉。古人总结道，“正统”是不可战胜的；现代人则说，落后的文明（指前秦）不可能击败先进的文明（指东晋）。

1600多年后，当我沿着苻坚进军的路线最终抵达淝水之畔，细细梳理史书上的蛛丝马迹，我终于明白，不可能赢的赢了，而且还被过分美化。要明白这个问题，必须从两个国家的背景说起。

东晋，苟安的王朝

自公元304年开始，“胡人”反叛西晋的烟尘迅速弥漫在大地上，中国迎来了一个长达130多年的大混乱时代，史书上简单粗糙地称之为“五胡乱华”。

公元316年，汉赵中山王、自称汉室后裔的匈奴人刘曜攻陷长安，中国历史上第三个统一帝国西晋窝窝囊囊地结束了52年的短暂寿命。一年后，西晋琅琊王司马睿在建康先是自称晋王，尔后称帝，东晋时代羞答答登上舞台。

这个偏安江左的小朝廷在一开始给了汉人复兴晋室、重整河山的错觉，大批士族名门纷纷收拾金银细软，携家带口南逃，此番情景史称“衣冠南渡”。可惜，南渡而来的不仅有财富、人口和所谓的文明，还有名门望族们早已习惯的奢靡生活和崇尚清谈的名士做派，以及各豪门士族间的争权夺利。大半国土已经丢了，北方的百姓日日祈盼王师北上，建康城里却笙歌如旧，早已将收复故土的豪言遗忘。其间虽偶有人领兵北伐，但都因各种原因半途而废，比如“闻鸡起舞”的祖逖，以及被誉为“一代枭雄”实则徒有虚名的权臣桓温。

东晋的皇帝们呈现出一种奇怪的弱智化倾向，大都窝囊至极，并且难得善终，以至于有人怀疑他们的遗传基因是否有问题。最夸张的是倒数第二位安帝司马德宗，史书如此记载：“帝不惠，自少及长，口不能言。虽寒暑之变，无以辨也。”是个标准的傻子，却居然在位长达22年。

事实上，真正掌握着东晋实权的是实力强大的门阀士族，皇帝不过是个摆设。司马睿登基时，就曾打算邀请王氏士族集团的领袖王导和自己一起坐在宝座上，其他皇帝也如《晋书·简文帝》所云：“帝虽处尊位，拱默守道而已，常惧废黜。”士族与权臣势大，皇帝战战兢兢，如履薄冰，不仅没有治国的能力，甚至早已丧失治国的胆量，避祸成了他们的第一要务。孝武帝司马曜在位时，为了避免上一任皇帝简文帝司马昱被权臣桓温所杀的噩运，终日以酒为念，在朦胧沉醉中度过了25年的屈辱皇帝生涯。最后虽然逃脱了权臣的利刃，却死于后宫妃嫔张贵人之手。

这位孝武帝司马曜，是整个东晋时代在位时间最长的皇帝，他于公元372年登基，当时年仅10岁，公元396年被杀身亡之时也不过35岁。正是司马曜在位期间，远在北方黄河流域的前秦天王苻坚，萌生了统一天下之意，对偏安江左的东晋虎视眈眈。

就在司马曜登基后的第二年，公元373年，东晋大司马桓温经历了三次以失败告终的北伐之后，终于一命归西。桓温虽死，但桓氏家族威风尚在。此时与桓氏争权的是以谢安为首的谢氏集团。

谢安此人，由于史书尤其是《世说新语》的记载，被涂抹上了一层浓重的诗意，成为所谓“魏晋风度”的代表人物之一。谢安四岁时就被当时的名士们冠以“风神秀彻”之名，惊为天人。年轻时代，他高卧东山，做起了隐士，终日以清谈为乐。何谓清谈？就是崇尚老庄，空谈玄理，谁说得最玄，谁的名气就大。名气一大，政府就会征召他去做官；他若坚决不去，名气就会更大。那真是个奇怪的时代。谢安深得此中奥妙，天子呼来不上船，结果名声冠绝一时，朝野上下越发觉得他是安邦定国之材。

名士谢安在40多岁时宣布出山了，因为当时谢氏集团逐渐式微，颇受排挤，再隐居下去，恐怕朝中再无谢氏立足之地。这位以隐士身份闻名天下的人，一入庙堂就显示出高超的政治手段，他首先阻止了桓温篡晋的阴谋，然后在桓温去世后，三分其职权，大幅削弱了桓氏的势力。一番动作之后，谢氏重新站稳了脚跟。

昏庸的皇帝、争权夺利的大臣，东晋从诞生那天起，额头就贴上了不祥的标签。

此时，遥远的北方传来了令人心惊的马蹄声。谢安有些坐立不安。

朱雀桥边野草花，乌衣巷口夕阳斜。旧时王谢堂前燕，飞入寻常百姓家。
——刘禹锡：「乌衣巷」

前秦崛起

马蹄声来自前秦，一个氐族人建立的国家，他们想做东晋的掘墓人。

从公元304年成汉帝国建立，至公元439年北凉王国灭亡，130多年间，匈奴、鲜卑、羯、氐、羌“五胡”以及一些汉人，在北方先后建立了19个王国。

19国之中，前秦帝国立国44年，寿命在19国中排第二位，但其全盛时的版图却高居榜首。事实上，它统一了北方。

这个国家的出现，就像一篇炫目的神话，其兴也勃焉，其亡也忽焉。它的创始人名叫苻健，一个氐族部落酋长。《诗经·商颂·殷武》中说：“昔有成汤，自彼氐羌，莫敢不来享，莫敢不来王，曰商是常。”可见氐族是个古老民族，至迟在商汤时就开始与中原来往。公元351年，苻健乘混乱在长安建立秦国，史称前秦。苻健自称天王，并于第二年登基称帝。

像其他少数民族政权一样，前秦在它建立的初期很快陷入了内部的混

南京，乌衣巷口，秦淮河畔

乱。苻健称帝仅仅三年后就死去，他的儿子苻生即位。苻生是整个中国历史上少见的暴君之一，幸运的是，他在皇帝宝座上待的时间不算太长。公元357年，苻生的堂弟、东海王苻坚领兵闯入皇宫，结果了苻生作恶多端的一生，然后自己登上宝座，去帝号，仍然称天王。

我们无从知道苻坚早有篡位之心，还是忍无可忍为民除害，但后知后觉的史书还是给他争取了一个光彩夺目的“预兆”，《晋书·苻坚载记》说：“其母苟氏尝游漳水，祈子于西门豹祠，其夜梦与神交，因而有孕，十二月而生坚焉。有神光自天烛其庭。背有赤文。隐起成字，曰‘草付臣又土王咸阳’。臂垂过膝，目有紫光。”这段拙劣编造集黄帝以来诸多帝王降生神话之大成，赋予这个氐族人“天子”应有的神圣意味与合法性。

汉人撰修的史书如此描绘一个少数民族领袖，隐约透露出一种矛盾心态。

但无论如何，苻坚的出现都堪称整个东晋时代最令人高兴的一件事，因为他为这多灾多难的百年黑暗带来了一线光明。这种神奇局面的出现，是因为苻坚有一位得力的助手——刘备遇到了诸葛亮，而苻坚则遇到了王猛，苻坚觉得这都是天意。

王猛是个汉族人，年轻时隐居在华阴（今陕西华阴）。《晋书》说他学识广博，喜读兵法；谨慎坚毅，志存高远，对那些情趣不相投者，根本不屑交往，因此常被人嘲笑；但王猛怡然自得，不以为意，颇有些诸葛亮躬耕隆中的风范。公元354年，东晋桓温第一次北伐入关，王猛以为机会来了，连忙“披褐往见，扪虱而谈”。这次会面令桓温对王猛十分赏识，直言江东无人可与之相比，并力邀王猛南下。但王猛何许人也，他不仅看出桓温难成大器，大概还从谈话间发现此人有篡位之念，因此婉言谢绝了。

要到几年之后，苻坚当上前秦天王，召见王猛，我们才能感觉到，王猛不入晋，冥冥中似乎确有天意——一个人即便天纵奇才，但若遇不到一个真正赏识他的人，也只能徒唤奈何，淹没在众生之中。王猛与苻坚的相遇，成为古代中国君臣相得的经典范例。

与诸葛亮出山即位居要职不同，王猛是从低级官员开始干起的，自县令至京兆尹，最后升任宰相。但他所采取的治国手段却与诸葛亮治蜀颇为相似，即严刑峻法，大刀阔斧。任县令时王猛就曾鞭杀一吏；升任京兆尹几十天内又诛杀或罢免了二十多位当朝权贵，而且还把强太后的弟弟强德收斩。王猛这一系列动作招致前秦贵族的强烈不满，连苻坚也有所怀疑，他质问王猛：“为政之体，德化为先，你上任没几天就杀了这么多人，是不是太残酷了？”但王猛有自己的道理，他告诉苻坚：“宰宁以礼，治乱邦以法。”——管理安宁的国家宜用礼，但对于混乱的国度则必须运用严厉的法制。结果没多久，前秦便呈现出一派“百僚震肃，豪右屏气，路不拾遗，风化大行”的气象，苻坚不仅疑虑顿消，而且大为叹服：“吾今始知天下有法也!”

国内政治形势基本安定之后，在王猛的建议和主持下，苻坚“举贤才，修废职，课农桑，恤穷困，礼百神，立学校，旌节仪，继绝世。秦民大悦”。这一系列刻意向中原王朝学习的措施，使得前秦迅速成长为先进国家，在一堆少数民族政权中鹤立鸡群。著名学者陈寅恪先生曾说：“氐人不仅学儒，而且学玄，汉文化水准之高，在五胡中，鲜能与比。”事实上，苻坚对汉文化的认同和追慕，在王猛到来之前，就已经开展，只不过王猛加快了这个学习的进程，并将其提升到一个较高的层次。

天王苻坚的终极理想

就是这个时候，“大一统”这三个字开始在苻坚的头脑中越来越频繁地出现。

“大一统”是儒家思想的核心内容之一，汉代儒生董仲舒曾经说过：“《春秋》大一统者，天地之常经，今之通谊也。”将“大一统”摆

江雨霏霏江草齐，六朝如梦鸟空啼。无情最是台城柳，依旧烟笼十里堤。——韦庄：「金陵图」

放在至高无上的地位。而在少数民族政权领袖苻坚看来，他追寻汉文化的终极理想也恰恰是这三个字。

这个念头，在苻坚初登帝位之时，就已经在心里扎下根来。公元357年，他南游霸陵（西汉文帝陵），将自己比作汉高祖刘邦。刘邦出身底层，但最终以关中膏腴之地为依托，廓清四海，统一了天下。如今，他苻坚又成了关中的主人，抚今追昔，如何能不浮想联翩？

公元369年，苻坚开始了他“大一统”梦想的第一步：统一北方。强盛的国势，加上一代著名政治家王猛的辅佐，这一过程可以用“势如破竹”来形容。到公元376年，仅仅八年时间，偌大中国版图上，已经只剩下前秦和东晋两个国家南北对峙。天王苻坚顺利地统一了北方，他的国家面积广大，并且与新罗、大宛、康居甚至遥远的天竺都建立了外交关系，那些国家纷纷遣使向前秦朝贡。

然而，功高盖世的王猛没能等到这一天，他在公元375年积劳成疾离世，年仅51岁。临死之前，他最后一次为苻坚出谋划策：“晋虽偏安江左，却是‘正统’。亲仁善邻，是国家的财富。臣死之后，希望陛下不要攻晋。但鲜卑、羌虏却与我们秦国有深仇大恨，日后必将为患，应该慢慢除掉，以利社稷。”

王猛不同意苻坚攻打东晋，理由很简单：东晋是“正统”。

西安东南的灞河，南岸不远，即是西汉霸陵

王猛之死虽然为苻坚的终极理想涂抹上了一层阴影，令他心痛欲绝，但这并没有打消他南下攻晋的决心。

这个志向高远而又倔强的君王为南下做着各种准备。

公元379年，前秦长乐公苻丕攻陷东晋在长江以北的重镇襄阳（今湖北襄樊），生擒守将梁州刺史朱序，把触角伸到了江汉之间；公元380年，苻坚派大将吕光远涉西域，将西域三十六国一一征服。至此，他的国家已经东至大海，西达龟兹，南到襄阳，北连朔漠，地域之广，远远超过南方的东晋。

在此之前，苻坚重点处理的是国内的民族关系。苻坚以“怀柔”政策安抚降服的其他民族，将大量异族降众分散迁徙到肥沃的关中地区，他认为这样既可以削弱异族的实力，还可以就近控制。而对于投降的异族高级将领，苻坚一律采取宽容对待的处理方式，并且多加重用，其中就包括鲜卑人慕容垂和羌人姚苌。王猛在世时，多次劝告苻坚杀掉这两人，甚至不惜设计陷害，却都被苻坚拒绝了。这件事成了王猛的一个心病，直至临死之时也没忘记最后一次叮嘱苻坚。

这两个被苻坚保护而幸免于死的人，在此后的岁月中，将令苻坚懊悔不已。

对于本民族氐族，苻坚采取了一项极端措施：公元380年，他下令将聚居在今陕西、甘肃各地的15万氐族人，分散迁往全国各军区。五胡之中，氐族人数最少，苻坚的意思是让自己的民族占据全国重要的枢纽地区，以点带面，便于掌控全国局势。这是一个极其庞大而艰难的计划，放眼历史，没有任何成功的先例。当长乐公苻丕率领3000户氐族人准备出发时，苻坚在霸上为其置酒送行。即将离别故土亲人的氐族人哭作一团，声恸天地。侍宴的赵整因此时抚琴而歌曰：“阿得脂，阿得脂，伯劳舅父是仇绥，尾长翼短不能飞。远徙种人留鲜卑，一旦缓急当语谁！”——把鲜卑人迁来，把自家人迁走，一旦你有难了，谁还能帮你呢？

苻坚听了，微笑不语。此时，他表现得像一个智者，深藏着内心的秘密。苻坚不知道，这是一步过于急进的棋，因为表面强盛一时的前秦国内，实际上隐伏着危机处处——公元380年夏，幽州刺史苻洛和镇北大将军苻重同时起兵反叛；公元382年春，员外散骑侍郎王皮（王猛之子）、尚书郎周飏等人谋反……这些叛乱虽然都被一一平定，但前秦国内的危机已是昭然若揭。

灞原风雨定，晚见雁行频。落叶他乡树，寒灯独夜人。空园白露滴，孤壁野僧邻。寄卧郊扉久，何年致此身？
——马戴：「灞上秋居」

一场关于“正统”的辩论

没有了贤相王猛的时时提醒，苻坚似乎逐渐进入了一种亢奋状态，“大一统”的迷梦激荡着他，使他对国内丛生的问题视而不见。公元381年时，他曾派荆州刺史都贵试探性地进攻东晋的竟陵（今湖北钟祥），不克。苻坚不以为意。

第二年冬天，苻坚终于按捺不住内心强烈的冲动，决意大举伐晋。在太极殿，他召开了一次高层会议，商讨具体事宜，结果引发了一场激烈的大辩论。

苻坚说：“我继承祖先的基业已经快30年了，如今四方归顺，只有东南一隅未沾王化。秦国现有士卒约97万，我打算亲自领兵伐晋，各位意下如何？”此处苻坚将东晋称作“未沾王化”之地，显然他已经将前秦列入了“正统”的序列。

秘书监朱彤立即表示赞同：“陛下恭行天罚，必不战而胜，晋王要么投降，要么走死江海。统一天下，让中原士民重返故土，现在正是千载难逢的良机啊！”这番拍马之论令苻坚大喜：“是吾志也！”

太子左卫率石越持反对意见，他说自己夜观天象，见岁镇守斗，福德在晋，伐之必有天殃；况且东晋据有长江天险，不可伐。苻坚听毕反驳道：“当年武王伐纣，不也是天象不吉？天道幽远，谁知道是怎么回事！春秋时的吴王夫差和东吴的孙皓，何尝没有江湖做屏障，不也难逃灭亡？以我秦国士卒之众，投鞭于江，足断其流，长江天险不足惧。”

太子苻宏说，晋君无罪，不可伐。苻坚则针锋相对：“秦灭了六国，难道六国之君都有罪，都是暴虐之徒？”

众人各执一词，争论半天，苻坚不耐烦，于是令群臣退出，只留下阳平公苻融一人。苻融是苻坚的弟弟，苻坚原想从同胞兄弟口中听到支持的声音，却没料到苻融也是坚决反对，并且列出三条理由：其一，天道不顺；其二，东晋没有挑衅；其三，秦兵多年征战疲惫不堪，人民有畏敌之心。

苻坚听了非常不高兴：以强兵百万，击垂亡之国，有什么好担忧的？苻融泣曰：“晋不可灭，昭然甚明。陛下如果一定要劳师远征，恐怕不会有什么收获。但这不是我最担心的，我担心的是，陛下宠育的鲜卑人、羌人和羯人遍布京城四围，他们可都是与我们秦国有深仇啊。陛下如果只留太子和弱卒守京师，一旦有不虞之变生于腹心肘腋，连后悔都来不及了！

我说的陛下可以不听，但王猛一代英杰，陛下常比之为诸葛亮，他的临终之言，陛下难道忘了吗？”

苻融的意见，虽然天道之说纯属妄言，但他对京师形势的分析却是直击要害。对此，苻坚当然听不进去，因为自始至终，他戮力践行的都是“黎元应抚，夷狄应和”的恩德感化式民族政策，而且他坚信自己的宽厚仁德必然能交换到对方的感恩之心。

这是苻坚的可敬之处，也是他的盲点。

苻融依然不肯放弃，他后来又再次进谏：“秦乃戎狄之国，不在‘正统’的序列之中。晋虽微弱仅存，却是中华‘正统’，天意必不绝之。”显然，为了说服苻坚，苻融绞尽脑汁，实在没辙了，只好把王猛的临终之言拿来重复了一遍。他没料到，这番“正统”之论不仅没起作用，反倒深深刺激了苻坚：“帝王历数难道是上天预定的？关键要看德之所在。刘禅是不是汉代苗裔？终究被魏所灭。你之所以不如我，就是因为不懂此中道理啊。”

我疑心，苻融和前述王猛关于东晋才是“正统”的说法，是修史者的杜撰。这不符合王猛的追求，也不符合苻融的身份——他居然自称“戎狄”！

前面已经提到，苻坚自己早已将前秦视为“正统”，所以才会置王猛临终所言于脑后。这种“正统”资格要想得到公认，只有一个办法：灭掉素来被视为“正统”的东晋。

“正统”这个魔力十足的迷人事物，早已把一心追慕汉文化的苻坚牢牢握在手中。斥责苻融之后，他再也听不进任何人的反对意见。

这时候，慕容垂站了出来。这个鲜卑人是在公元369年来到前秦的，当时贵为前燕帝国吴王，战功赫赫，是公元4世纪一个著名的将领。树大招风，慕容垂在击败东晋桓温的第三次北伐之后遭到排挤和陷害，无奈之下投奔了前秦。苻坚怀着如火的热情接纳了这个异族人，并赐以“冠军将军”的要职。如今，在满朝波涛汹涌的反对声浪中，慕容垂站在了苻坚的一方，他说：“弱并于强，小并于大，这是理所当然的事情。陛下威名远扬，猛卒百万，朝中大将云集，此时不灭晋，难道要留待日后贻害子孙吗？《诗》云：‘谋夫孔多，是用不集。’陛下自己拿主意就行了，何必问遍所有人？”

至此，伐晋已成定局。

石头城下浪崔嵬，风起声疑出地雷。何事苻坚太相小，欲投鞭策过江来。
——胡曾：「咏史诗·东晋」

淮河在凤台县逆行西流，并沟通了东淝河与西淝河

“卧底”朱序，一个意外

公元383年8月，前秦天王苻坚正式下达了伐晋诏书。他宣布，战争结束后，将任命司马昌明（即东晋孝武帝司马曜）为尚书左仆射，谢安为吏部尚书，桓冲为侍中。他语气悠闲地说，考虑到这一天很快就会到来，就先在长安城里为他们建好府第吧。

9月，苻坚从长安出发南下，戎卒60多万，骑兵27万，浩浩荡荡，前后绵延千里。同时从各地出发的，还有凉州兵团、蜀汉兵团以及幽冀兵团，东西万里，水陆并进。可以想象，当时整个长江以北都弥漫着大军行进的烟尘。为了凑齐自己当初宣称的97万人马，苻坚令“民每十丁遣一兵，其良家子年二十已下，有材勇者皆拜羽林郎”。也就是说，从平民百姓到富贵之家，适龄青年几乎征调一空。

前秦大军出动的消息甫一传来，建康就陷入一片混乱之中。皇帝自然是指望不上的，一切都靠宰相谢安了。此时桓氏在东晋的声望已经有所下降，但桓玄、桓冲等人并非没有重新上位的可能，现在秦人南进，正好是全面提升谢氏实力的契机……念及此处，谢安做出了如下人事安排：

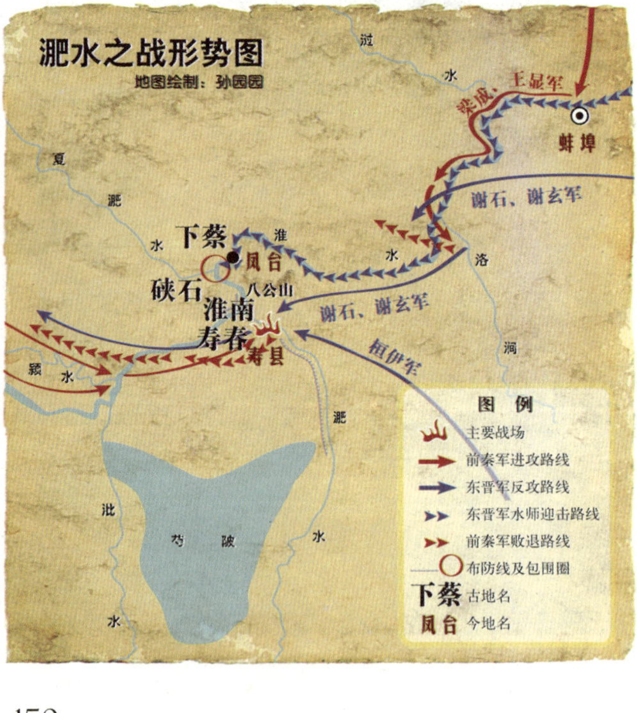

以尚书仆射谢石（谢安之弟）为征虏将军、征讨大都督，即总司令；

以徐兖二州刺史谢玄（谢安之侄）为前锋都督，即前敌总指挥；

辅国将军谢琰（谢安之子）与西中郎将桓伊共同参与；

另派龙骧将军胡彬以水军五千赴援寿阳（今安徽寿县）。

算下来，东晋可以调动的军队总共不超过八万人，而最高指挥官几乎尽数为谢氏占有，堪称不折不扣的“谢家军”。这遭到许多人的质疑，认为谢安是任人唯亲，借战争之机刻意培植谢氏的势力。不过从另一角度来说，东晋可能的确缺乏可堪大用的将领。

当时，东晋最具战斗力的“北府兵”正由谢玄统领，驻扎在广陵（今江苏扬州）。前秦大军声势震天，脚步越来越近，谢玄十分不安，便跑到建康问谢安该怎么办。谢安毫不在乎地说：“我另有安排。”然后不再多说一个字。谢玄派张玄再去探问，谢安干脆置之不理，命人驾车游山玩水去了。碧水青山之中，这位被誉为风流名士的宰相与张玄还下了几盘围棋，赌注是别墅，结果一向棋艺高超的张玄输了。这一天，谢安流连山水，一直到夜里才回到家中。

古往今来，很多人都说谢安“胸有成竹”，风流潇洒，真有名士风度啊！

转眼冬天已经来临，11月，前秦苻融率领的30万先锋部队攻克了寿阳，奉命前往救援的胡彬来迟一步，只好退守硖石（今安徽寿县西北淮河之畔）。可惜，胡彬立足未稳，即被苻融大军包围。

谢石、谢玄闻讯，急忙领兵再来救援胡彬。苻融早已有所准备，他派大将梁成率五万人在洛涧陈兵以待。洛涧在今安徽省淮南市北部，属淮河的一个小支流。谢玄等人行至距洛涧20余里处，不敢贸然再进。但胡彬粮尽，已经等不及了，他派人向谢玄告急：“今贼盛粮尽，再不来我就见不到大军了！”结果使者被秦军抓获。苻融得知东晋军情之后，大喜过望，立即派人飞马报告苻坚：“贼少易擒，但恐逃去，宜速赴之！”

苻融所说的“贼”，显然不是胡彬被围的几千人，而是指谢玄率领的“北府兵”。苻融知道，这“北府兵”为数虽不多，但却是东晋兵力的精华所在，倘若能将他们消灭在长江以北，那么后面的事情就简单多了。

此时苻坚已行至项城（今河南项城），见到苻融的报告后，不顾众人劝阻，将大军留在项城，自己率领八千骑兵飞奔寿阳。战局在此时开始悄悄变化——苻坚一到寿阳，就派人前往晋军营中，劝降谢石。这一步棋并没有什么不妥，但苻坚选错了人，他派出的使者，是公元379年被长乐公苻丕活捉的襄樊守将朱序。正像其他被苻坚无原则优待的各族降将一样，朱序也被苻坚重用，此时他的身份是前秦度支尚书。苻坚派朱序前往，大概是想让朱序现身说法：看，投降是有好处的！

苻坚没想到，朱序原来是一个“卧底”。

当年前秦苻丕、慕容垂攻襄阳，朱序奋力反抗了一年，其间多次出城，并大破秦军。其母韩氏也曾参与守城，至今襄樊尚有“夫人城”遗址，高高树立着韩夫人的雕像。但是后来朱序部将开城投降，朱序才被生擒。有这样的背景做铺垫，可以推测，朱序并非真心归顺苻坚，他是忍辱含垢，以图来日，做起了“卧底”；及至苻坚南下伐晋，朱序又主动请缨前往“劝降”。

朱序成为这场会战的转折点。

一到谢石营中，朱序立即把前秦军队的虚实和盘托出，并提出了自己的建议:趁前秦的百万军队还未到齐，火速出击，败其前锋，夺其锐气，如此东晋才有获胜的些许希望。

谢石采纳了朱序的建议。12月，谢玄派遣刘牢之向洛涧的前秦军队发起攻击，大胜。谢石等人于是率军水陆并进，与前秦军队在淝水两岸形成东西对峙之势。

寿县古城与八公山

奇迹发生

朱序无功而返，前方又传来洛涧战败的消息，这让苻坚有些失落。他对苻融说："看来，晋军也不算很弱啊。"《资治通鉴》记载说，苻坚登上寿阳城头，遥望远处八公山上风吹草动，以为其中都是东晋的士兵。这就是成语"草木皆兵"的来源。

从古城寿县到八公山，如今汽车只需十几分钟。站在古城上眺望，可一览无余连绵起伏的八个山头。淝水之战时，八公山属东晋的活动范围，用于藏兵或者练兵，的确是个不错的地方。但我以为，将"草木皆兵"的帽子扣到苻坚头上，并不符合史实，实则是后世史家在美化"正统"东晋，因为区区洛涧之败不可能使苻坚变得六神无主。恰恰相反，这次失利让苻坚变得谨慎起来，他放弃了原定速战速决的战略，在淝水西岸扎下大营，静待后续大军的到来。显然，这样的局势对东晋十分不利。

这时，一件有如"穿越时空"般的事情发生了。一个东晋使者来到前秦苻融营中，带来了谢玄的一封信，信中说："君悬军深入，却临水置阵，这是要打持久战，不是要速决啊！我建议贵军稍稍后退一点，让我军

渡过河去，双方决一死战，如何？”前秦诸将多不同意，但苻坚却认为，可以在晋军渡到一半时，予以迎头痛击，必然大胜。苻融表示赞同。

事实上，谢玄不可能不知道被“半渡而击”的巨大危险，那么他为何还要如此行事？我推测，这其中又有朱序的暗中传话。朱序知道，淝水西岸的秦军至多20多万，而且多是临时招募来的，缺乏系统严格的军事训练和战场经验，战斗力和纪律性都不会太强。如果等到秦军大部队赶来，东晋绝无胜利的可能，那么不如冒险过河背水一战，也许还有取胜的一线希望。

按照双方协议，前秦大军开始后撤，东晋也在同时大举渡河。两边的统帅各怀心事，谢石和谢玄惴惴不安，祈祷上天眷顾东晋；苻坚和苻融则盘算着何时发动致命的一击。但是苻氏兄弟失望了，他们发现自己的军队一开始后撤，就立即失去了秩序，乱作一团。柏杨先生分析此事，认为退却的命令是苻坚直接向全军发出的，所以全军同时行动，以致场面混乱，失去控制。其实，临阵退兵历来都是兵家大忌，没有极其周密的策划，绝不可轻举妄动。秦军的后撤行为是临时决定，焉能不乱？

那边谢石已经渡过淝水，迅速发起了攻击。苻融急忙催马四处奔驰，妄图阻止秦军继续后退，不料坐骑忽然绊倒，苻融竟被秦军踩踏而死。朱序抓住时机，于乱军中大喊道：“秦军败矣！”秦军终于如溃坝之水，四处夺路而去。

天王苻坚随着乱军向北方溃退，日夜不息，餐风宿露，还被流矢所中，差点丢了性命。等到他逃至淮北，终于摆脱危险之时，才发现自己的军队已伤亡十之七八。

谢氏叔侄获胜的消息传到建康时，谢安正与客人下棋。他看了看捷报，随手放到一边，面不改色，围棋如故。客人知是前方战报，心急如焚，忙问战况如何。谢安看着棋盘，慢悠悠地说道：“哦，孩子们打了个胜仗。”客人一走，他回里屋时，不小心被门槛绊了一下，折断了脚上木屐的屐齿。

谢安不为所动的悠闲姿态都是表演出来的。起初是没有主意，故作镇静，最后则是为了表明自己早已成竹在胸。他的名士身份成功地为他做了遮掩，但最后“折屐”这一下却将他内心的狂喜暴露无遗。

自始至终，谢安都没有为淝水之战的胜利提供任何致胜的谋略和支持。尽管我们可以大胆猜测，潜伏在苻坚身旁的朱序可能与谢安暗中保持着联系，可以勉强算作谢安的一步棋，但朱序的功能，并不能必然导致东晋的胜利——如果苻坚没有把朱序带到前线，没有派朱序前往劝降，或者最终没有接受东晋渡河决战的建议，淝水之战的结局必将是另一番模样。

有人说：“这场胜利保住了中华文化的核心部分并使之从所谓‘五胡乱华’后得到喘息和重新崛起的机会。”现代人所说的这番话，也正是古代修史的汉族知识分子美化淝水之战的根本动力。

庞大的前秦帝国在淝水之战后迅速崩溃。公元384年，慕容垂和姚苌先后起兵反叛，分别建立后燕和后秦两个国家。又过了一年，苻坚被姚苌俘获，缢死于新平（今山西彬县）一座佛寺之中。王猛临终的预言，不幸成为现实。苻坚和他盲目宽容的慕容垂、姚苌乃至朱序一起，演绎了伊索寓言《农夫和蛇》的中国版。

历代无数人对苻坚何以失败发表看法。有人认为，前秦国内复杂的民族矛盾是根本原因；也有人认为苻坚屡战屡胜，逐渐滋生的骄傲自大要了他的命；还有人说，苻坚应该听王猛的话，早早除掉慕容垂和姚苌。这些都有道理，但它们能够说明前秦国基不稳，无法维持长久的统治，却无法解释前秦在淝水的脆败。

那些凝固不动的规律不是解释历史的万能钥匙，因为个体的人时时把历史的轨迹导向未知。偶然性才是淝水之战的关键因素，它给苻坚和前秦带来了噩运，却送给谢安和垂死的东晋一个奇迹。

陕西彬县，苻坚墓

玖

樊襄之战

两座城和五个人的命运变迁

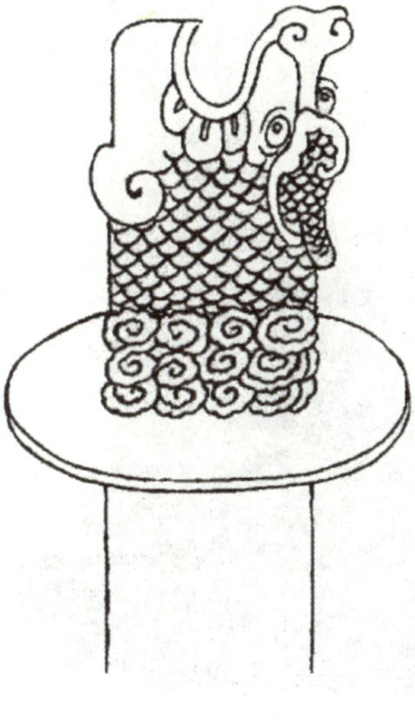

湖北襄樊，汉江

襄樊是个很特别的城市，以汉江为界，这个城市被分成了面貌迥异的两部分。江北的樊城一派现代化的喧嚣，南岸的襄阳却古色古香，颇多旧时遗迹。这样说当然比较笼统，不过是一个外乡人走马观花得来的表面印象。实际上，樊城和襄阳一样古老，而且在很长的历史时段内，它们唇齿相依，一荣俱荣，一损俱损。

1273年初春的一天，这两座城迎来了“俱损”的时刻。随着城门的缓缓开启，蒙古军队以征服者的姿态进入了襄阳城。在此之前，他们刚刚屠灭了一江之隔的樊城。

那一天，吕文焕看着困守六年之久的襄阳，痛苦、无奈、凄凉，或许还有一丝轻松，同时涌上心头。那是一个命运转折的时刻，无论对于南宋王朝还是吕文焕本人来说都是如此：南宋最重要的北部屏障瓦解，元朝南下的步伐骤然提速，他自己也从此背上了叛臣的骂名。

吕文焕的投降和襄、樊二城的失守，可以视作南宋灭亡的前奏，它输掉了这场会战，基本上等于输掉了整个国家。又一个六年之后，南宋退出历史舞台，“异族”第一次统一了中国。

那么，南宋失败的原因是什么？是蒙古军队太强大、南宋太弱小？还是吕文焕能力不够？当我们还原那段历史的诸多细节，才发现这虽然是一个十分庞大的问题，但答案却简单得令人绝望。

贾似道："民族英雄"的瞒与骗

蒙古军队是在1267年开始进逼襄阳的，当时坐在临安（今浙江杭州）皇帝宝座上的是南宋度宗赵孟启。他于1264年登上皇位，也就是那一年，蒙古皇帝忽必烈把都城迁到了燕京（今北京）。

和蒙古人打仗早已不新鲜了，但他们围了襄阳却无论如何都是一件大事，因为襄阳是南宋北部最重要的屏障，决不可丢。但赵孟启似乎不知道这件事，像许多皇帝一样，他在女人和美酒之间忙碌，把军国大事交给亲信的大臣去处理。一直到1270年的一天，他才若有所思地试探着问右丞相贾似道："听说襄阳被围三年了，该怎么办呢？"

贾似道惊讶地说："没有的事儿，蒙古军队早就退走了。陛下您是听谁说的？"

赵孟启回答："一个宫女说的。"

过了不久，贾似道查出那个宫女的名字，然后告诉赵孟启，这个女人有罪，请赐死。赵孟启答应了。他或许不知道这是诬陷，但即便知道，也不敢不答应。在他登基之前，贾似道就已经权倾朝野，而赵孟启能够当上皇帝，也有贾似道的功劳——上一任皇帝宋理宗赵贵诚原本有两个儿子，但都夭折了，贾似道就上书举荐赵贵诚弟弟之子赵孟启为太子。所以赵孟启登基之后，知恩图报，立即加贾似道为太师，封魏国公，称之为"师臣"。

贾似道当然知道襄阳被围之事，但他不想让皇帝知道。

这件事表面看来十分蹊跷：既然贾似道在朝中只手遮天，连皇帝都怕自己，那么让皇帝知道北方战事又如何？莫非其中有什么阴谋？其实什么阴谋也没有，贾似道只是在遮掩自己的无能。从襄阳被围之日起，他就不断派军队前往救援，但那些军队几乎毫无例外地被围城的蒙古军队击败了。贾似道黔驴技穷，只好欺骗赵孟启说，北方很安定，国家没有什么大的危险，以此来维持自己在赵孟启心目中的威望。而他自己，则像受到惊吓的鸵鸟一样，把头埋到沙子里，继续苟安的生活。

1270年的时候，贾似道已经不怎么上朝了，皇帝给了他特权，可以十日一朝，而且入朝不拜。这种特权，是贾似道用一种最简单的办法争取来的，就是假意辞职。他一辞职，皇帝就六神无主，泪流满面，有时候甚至跪下来哀求他不要走。贾似道假装勉强地留了下来。

在西湖的葛岭，皇帝给贾似道造了一座豪华的别墅，他就每天待在那里，饮酒狎妓，斗蟋蟀。贾似道斗蟋蟀的本领很高，还写了一本书《促织经》。每到上朝的日子，他的大船就会威风八面地驶过西湖，引来无数艳羡的目光。退朝时，皇帝会站起来，看贾似道远远地走了，才敢坐下。

自从那个宫女被杀之后，朝中再也无人提及襄阳的战事了，而所有上呈给皇帝的奏章都要先送到葛岭，由贾似道审核。他严格地向皇帝封锁了一切与襄阳有关的消息，使得自己的地位稳固如山。但在内心深处，他或许已经预感到，事情正在变得越来越糟，忽必烈的蒙古军队已经铁心要拿下襄阳了。

事实上，忽必烈吞并襄阳并一举南下灭宋的想法由来已久，南宋命中注定要有此一劫，而贾似道恰好给他提供了一个完美的借口。

那是在1259年初，蒙古大汗蒙哥兵分三路攻宋，他自己亲率一部在四川作战，而忽必烈被派往鄂州（今湖北武汉）。鄂州是南宋的重镇，但守将居然隐匿不报，一直到鄂州被围数月，朝中大臣纷纷议论出逃迁都之时，宋理宗赵贵诚才知道有这回事。由于文天祥等人的激烈反对，迁都被阻止，贾似道临危受命，以右丞相兼枢密使的身份前往鄂州解围。

但贾似道根本没有任何领兵打仗的才能，他一到鄂州，就立即遣使向忽必烈求和。

彼时忽必烈攻城心切，无意和谈，一面继续攻打鄂州，一面加紧准备进攻扬州。贾似道一筹莫展之际，正在四川作战的蒙哥忽然因箭伤去世，蒙古后方顿起权力之争。忽必烈无心再战，准备撤兵北上争夺汗位。但是贾似道继续穷追不舍地向忽必烈求和，并允诺了一大堆条件，其中最重要的就是缴纳岁币。

当然，这一次，忽必烈答应了他。

蒙古军队撤退时，贾似道派兵截杀了百余名殿后的蒙古散骑，然后向朝廷报捷，说宋军大胜，鄂州之围已解。皇帝大悦，举国欢腾，贾似道也由此一跃而入权力巅峰，并迅速排除掉了朝中的异己。在贾似道的授意下，他的门客廖莹中撰写《福华篇》煌煌美文，歌颂贾似道鄂州退敌的再造之功。贾似道成了民族英雄，但议和纳币之事却被隐瞒下来，皇帝赵贵诚对此也一无所知。

然而忽必烈没有忘记这件事。1260年，忽必烈称帝，10月，他派遣翰林侍读学士郝经为国信使前往临安。郝经此行有两个任务，一是向南宋通告忽必烈即位之事，二是索要和议书中的岁币。

这是一次完全正常的外交行为，但贾似道显然不这么认为，因为一旦

辛苦遭逢起一经，干戈寥落四周星。山河破碎风飘絮，身世浮沉雨打萍。
惶恐滩头说惶恐，零丁洋里叹零丁。人生自古谁无死，留取丹心照汗青。
——文天祥：「过零丁洋」

蒙古使者见到了宋理宗赵贵诚，他此前所有的谎言都将被戳破。因此他先是将郝经入朝的申请隐匿不报，最后干脆把郝经一行拘囚在了真州（今江苏仪征）。

第二年，忽必烈屡次派遣使者询问郝经被囚之事，没有得到任何回音，于是有心大举伐宋。但当时忽必烈登基未久，忙于平定内乱，伐宋之事被拖了下来。一直到1267年，他才下定决心伐宋，而且目标直指襄阳。

先攻襄阳，这是一个南宋降将提出的策略。而此人之所以投降蒙古，其中又有贾似道的“功劳”。

刘整：从名将到叛徒的身份转换

给忽必烈出主意的人，名叫刘整。他是邓州穰城人（今河南邓州），金末时投奔了南宋，在名将孟珙麾下做事。《元史·刘整传》称其“沉毅有智谋，善骑射”，这句话十分笼统俗套，不能展示刘整的才华，但有一件颇具传奇性的事可以弥补这个缺憾——某一年，孟珙引兵攻信阳，刘整为前锋，夜间他带着12个骁勇之士袭擒金军守将，拿下信阳。

这件事让刘整一夜成名，完成了他人生的第一次大转折——从普通人到名将。

如此骁将，又生逢多事之秋，必然不会久居人下。至1260年，屡建战功的刘整已经升任泸州知府兼潼川路安抚副使。刘整没想到，正当自己为国效力之时，麻烦却已找上门来。

由于刘整是北方人，他遭到了一些南方将领的嫉妒和怨恨，他们处心积虑排挤刘整，这其中就有日后负责襄阳防务的吕文德。此时恰逢贾似道为掩饰“鄂州大捷”的真相而大肆排斥异己，在全国各路武将中推行“打算法”（即清查边费，实际上不过是个借口）。在贾似道的阴谋之下，南宋末季的一批良将几乎被清除干净，湖南制置副使向士璧和另一名将曹世雄更是被逼身死。吕文德抓住这个机会，联手四川制置使俞兴，企图用“打算法”谋害刘整。

刘整获知消息后，日夜不安，派人前往临安上诉。他天真地希望皇帝能够相信自己的申诉，从而幸免于难，却没料到皇帝根本没机会听到这些话，而即便听到了，也没有任何作用。在焦虑的等待中，刘整的心越来越凉，而远方又传来向士璧和曹世雄的死讯……绝望日深的刘整作出了一个艰难的决定：投奔蒙古！

由于刘整身为南宋名将，而且所守泸州乃川蜀要冲，平白无故忽然要来归顺，这一度令忽必烈颇为不解。但刘整却是真心归顺蒙古，1261年，他以所辖15郡、30万户归附蒙古，完成了他人生的第二次大转折——从南宋的名将变成了国家的叛徒。

刘整的叛变，对南宋和蒙古的影响都可谓剧烈，这一点，在此后的十余年间将显得越来越清晰。

忽必烈得到刘整，由此知道了南宋的虚实，南下伐宋之意已决。他厚遇刘整，授夔府行省兼安抚使，赐金虎符。刘整则趁势献上一个伐宋的长期规划，而突破口即是襄阳。

当时主管襄阳事务的正是逼走刘整的京湖制置使吕文德，办公地点在鄂州。1261年，忽必烈采纳刘整的建议，派使者赴鄂州，以玉带等财物贿赂吕文德，请求在襄阳城外设置榷场（即市场）。吕文德在南宋末年不算笨蛋昏庸的官员，但在物质利诱面前，一样没有抵抗力，他一口应允了蒙古使者的请求，在襄阳对岸的樊城开设榷场。此后，蒙古又以保护财务、防范盗贼为由，请求在榷场附近筑造围墙，吕文德又答应了，他似乎根本没有看出其中玄机。但等到土墙内时有蒙古兵纵马而出，骚扰于襄樊城外，而且势头有增无减之时，他才明白自己上了蒙古人的当。

事实上，早在榷场设立之初，即有人看出其中暗藏杀机，并屡次提醒吕文德注意。此人就是吕文德的弟弟吕文焕。但吕文德不仅没有听信，反而大加责骂。

如此到了1267年，刘整再次向忽必烈进言，认为时机成熟，应该立即围攻襄阳，因为“无襄则无淮，无淮则江南唾手可下”，“如得襄阳，浮汉入江，则宋可平也”。这两句话显示，刘整绝不仅仅是个勇猛的武将，在整体的战略规划上也十分了得，他对襄阳形势的分析恰好击中了南宋的要害。此前很长时间内，蒙古对南宋的进攻都是分三路进行：西路最为蒙古看重，主战场在今四川，东路主战场在今安徽，中路则在荆襄即今湖北北部一带。20多年来，南宋虽然一直被动防守，但蒙古也不能有大作为，双方基本处在僵持阶段。如果刘整的计谋得以完成，破了襄阳，东南的鄂州就危险了；若鄂州一丢，蒙古就撕裂了南宋横向达千里的防线——西边，掐断南宋与四川的联系；东边，可随时顺水浮江，直逼临安！

忽必烈再次采纳刘整的建议，以蒙将阿朮为主帅、刘整为都元帅，率军直逼襄阳。这一次，蒙古没有再向吕文德做任何申请，而是按照刘整的规划，直接在白河口和鹿门山建筑了两座城堡。白河口在襄阳城东，鹿门山在襄阳城东南，蒙古首先在这两个地点筑堡屯兵，意在阻断襄阳与汉水东部的联系。

1267年时，镇守襄阳的正是京西安抚副使兼襄阳知府吕文焕，镇守樊城的则是张汉英和牛富等人。吕文焕见蒙古大军逼近襄、樊，而且还筑

襄阳古城临汉门

了两座城堡，情知不妙，立即遣人以蜡书密告吕文德，将襄、樊之危急据实以报。吕文德闻报大怒，但怒的并非刘整，而是其弟吕文焕："胡说八道！你不过是想借机邀功而已。即便蒙古人筑城，也不过是假城。襄、樊二城城池坚深，兵力和粮草储备足够支持十年，你放心坚守就是！若刘整果真要攻城，待明年春天汉江水涨之时，我就去灭了他。就怕他等不到我去，就已经逃之夭夭了！"

走到人生暮年的吕文德听不进任何人的建议，他明知自己在襄樊的问题上已经犯了错，但却讳疾忌医，装作一切都没有发生过。在这一点上，他和贾似道是同路人。

蒙古军队没有闲着，他们不断发起一些小规模的侵袭，俘人掠财而去。但有一次，阿朮遭遇襄阳的水军，差点被活捉。这件事过去不久，刘整就提出一个建议：建设一支水军。刘整认为，蒙古军队擅长陆战，精兵突骑，无往不利，但一到水里就不行了，因此蒙古必须有自己的舰船和水兵，才能在水陆两方面全面压制襄阳。应该说，这是一个庞大的工程，但刘整很快就付诸实施，到1270年时，这支水军已经完全成形：船5000艘，水军七万。蒙古军队最大的一个弱项被刘整全面提升了。

这一年，前来增援的蒙相史天泽又在襄阳城南自西向东筑起长围，彻底断绝了襄、樊的粮道。至此，襄阳和樊城被孤立于南宋疆土的北端，有如困兽。这一切于南宋不利的局面，基本都出于被逼投敌的刘整之谋划。

范文虎：怎一个"拖"字了得

杀死宫女之后，皇帝和群臣都不敢再提襄阳二字，但贾似道的担忧却日甚一日。

在此之前，他至少已经派出六次援军赶赴襄、樊，但无一例外都失败了。实际上，这些援军大多未能接近襄、樊就被蒙古兵击破，粮草自然也成了蒙古军队的战利品。

屡次发兵又屡次失败的人中，就包括殿前副都指挥使范文虎。关于此人，历史记载不详，但有一点可以肯定，他得到了贾似道的重用，原因就是他听贾似道的话。

范文虎第一次赴援襄、樊是在1269年夏天。当时沿江制置使夏贵率领兵士四万人、舰船2800艘前往襄樊救援，结果在虎尾洲被阿朮重创，士卒战死或溺死于汉江者达三万人。按照贾似道的指示，范文虎率领船队前去

昔年亟攀践，征马复来过。信若山川旧，谁如岁月何。蜀相吟安在，羊公碣已磨。令图犹寂寞，嘉会亦蹉跎。宛宛樊城岸，悠悠汉水波。逶迤春日远，感寄客情多。地本原林秀，朝来烟景和。同心不同赏，留叹此岩阿。

——张九龄：「登襄阳岘山」

增援夏贵，结果刚到灌子滩就被阿朮截住，宋军伤亡惨重，而范文虎稍战即退，乘轻舟逃生。

如此一位临阵脱逃的大将非但没有受到任何惩处，反而被继续重用，由此可知当时南宋形势之一斑。

1269年底，京湖制置使吕文德因病去世，临死前他数次哀叹："误国家者我吕文德也。"人之将死，其言也善，吕文德的叹息，是后悔允诺蒙古人开设榷场。但仅此一事，不足以"误国"。吕文德最大的失误，实际上是逼走刘整，他至死也没能反思到这一点。

接替吕文德职位的是李庭芝——这是南宋末年少见的品德、才能俱佳的将领之一。但很可惜，他生错了时代。

新任京湖制置使李庭芝在1270年春天正式上任，他所要做的首要之事就是督师援襄、樊。范文虎听说李庭芝来了，丝毫没想到这是襄、樊之福，只是觉得对自己不利，于是修书一封，遣人送给贾似道："襄阳之围没什么大不了的，只要我将兵数万入襄阳，问题就全部解决了。但是，请不要让我受李庭芝的节制。等我解了襄阳之围，定将功劳归于恩相您的名下。"贾似道居然立即答应了范文虎的请求，仿佛他根本不知道这个口气狂妄的家伙刚刚吃了败仗——事实上，我觉得贾似道可能的确不知道，他瞒骗皇帝，而范文虎则瞒骗了他，上行下效，有如瘟疫般流传。范文虎得了贾似道的授意，处处与李庭芝为难。李庭芝屡次准备发兵，都被范文虎阻止，说上面的命令没下来，怎可随意发兵？这其中不难看出派系之争的影子。

命令自然是等不来的，贾似道在临安花天酒地，范文虎则在军中如法炮制：他终日与妓女厮混在一起，踢踢球，喝喝酒，不知今夕何夕。

如此一拖，一年过去了。襄、樊城中，苦守的将士迟迟不见援军，常常南望恸哭。形势对南宋愈发不利——1271年初，蒙相史天泽在万山已经筑城完毕；5月份，蒙古的援兵又从各地源源不断涌来，"所至顺流纵筏，断浮桥，获将卒、船舰甚众"。至此，襄樊几乎已被围成一个铁桶。

也是在这一年，蒙古改国号为元。历史掀开了新的一页。

转眼到了6月，几场大雨之后，汉水暴涨，正是向元军包围圈发起冲击、打开缺口的最好时机。在李庭芝的强烈要求下，范文虎已经没有推脱的理由，他率领卫卒及两淮水军共计10万人、战舰1000余艘，沿汉水而下。这是十余次援襄行动中人数最多的一次。但是范文虎再次上演临阵脱逃的把戏——大军行至鹿门山附近，阿朮夹江东西为阵，摆好了与范文虎大战的架势；但双方刚一交手，范文虎就乘着夜色逃跑，留下大量战船、兵器和士兵，统统成了元军的战利品。

范文虎一贪生怕死的无能之辈，居然把援襄的最好时机拖延消耗过去，将苦守的吕文焕和张汉英等人推入越来越深的绝境，李庭芝心头的愤怒可想而知。但他除了叹息别无他法。

无名氏：他夺走了最后一根稻草

1272年春天，元将张弘范向阿朮贡献了一条建议："襄阳在江南，樊城在江北，从陆上进攻樊城，襄阳就派出水军来救援，二城互为呼应。我们应该斩断两城的联系，先攻下樊城，然后一鼓作气取襄阳。"阿朮采纳建议，毁掉吕文焕苦心经营的浮桥，完成了对襄阳和樊城的分割包围。

6月，樊城守将张汉英想出了一个计策：他招募了一个水性好的人，将一封求援的蜡书藏在其发髻中，然后令其头顶杂草，浮水而出。蜡书上说："元军的鹿门堡早已筑好，请从荆、郢方向救援。"荆即今荆州，郢即今钟祥，都在襄樊正南方向，而且都不远——乘汽车的话，到荆州不过两个多小时，到钟祥仅需一个小时。

夏天时水面有浮草十分正常，所以张汉英"派出"的这团草起初并没有引起注意。但行至一个隘口时，守卫的元兵看见这么多草漂来，打算钩上岸来做燃料用，结果发现草下有人。泅者被抓获，元军得知蜡书内容后，立即增派重兵，重重封锁了自荆、郢至襄、樊的通道。

这一次南宋的反应比较迅速，荆、郢通道一断，朝廷立即下诏令李庭芝移屯郢州。这一安排还算比较合理：一来郢州距襄樊较近，可随机应变，筹划援襄事宜；二来也可防范元军乘乱从郢州南下。

李庭芝到了郢州，即刻着手准备援襄之事。他深知襄樊已到最为危急之关头，倘若再无援兵到达，就将沦入元军之手。经过仔细研究，李庭芝发现襄阳西北有一条清泥河，为汉江支流，由于河水较小，所以并未被元军占据，于是下令在清泥河造轻舟百艘，准备先给吕文焕运送些补给过去。船造好之后，以三舟联为一舫，中间一舟装载粮草物资，左右两舟虚为掩护。李庭芝又赏重金，在郢、襄民众中招募了一支3000人的"民兵敢死队"，以张贵、张顺为都统。这支部队虽是临时组建，但李庭芝对他们寄予了厚望。出发之前，李庭芝将3000人集合起来，告诉他们：此行凶多吉少，各位需怀必死之心；谁若没有决心，就请速速离去，不要坏了大事。

从襄阳城头俯瞰襄樊市景

他很欣慰，3000人众志成城，没有一人退却。

那一夜，汉江水涨，上百艘轻舟出清泥河，在深沉夜色掩护之下，顺水疾驰。船上预备的火枪、劲弩、炽炭、巨斧统统派上了用场。在布满元军船只的江面上，他们乘风破浪，直入重围，元军皆披靡以避其锋。如此恶战120余里，终于在黎明时分抵达襄阳城下。张贵清点军士，发现张顺已然战死。

二张援襄的行动堪称奇迹，他们给吕文焕带来的不仅有粮食和食盐，还有希望和继续坚守的信心。但这显然远远不够，吕文焕需要的是更大规模的援军，是一场胜利，是襄阳的转危为安。

几个月之后，吕文焕接受张贵的请求，准许其还郢，另做打算。但张贵自恃骁勇，想在回郢途中与元军大战一场。吕文焕于是派遣密使携蜡书赴郢，请求出兵，与张贵里外夹击。这两名使者水性极好，而且“能伏水中数日不食”，他们成功穿越元军密不透风的水中屏障，将蜡书送达郢州，并带回了范文虎的许诺：发兵5000，驻龙尾洲以助夹击。

约定的日子到来，张贵辞别吕文焕，顺汉水东下龙尾洲。此时一个意外出现了：张贵检点军士，发现少了一名亲兵，而这名亲兵因犯军令刚被施以鞭刑。他在部队出发前忽然消失，只有一种可能性：投靠了元军。一种不祥之感涌上心头，但张贵还是决定赌一把，他觉得元军也许还没有得到消息，若加快行动速度，也许事情还有希望。

虽是漆黑的夜晚，但张贵似乎觉得悄悄行军已经没有意义，他下令船队鼓噪而行。

还是那支“敢死队”，还是顺水疾行，还是如来时一般横冲直撞。元军纷纷躲避。

夜半至小新河，他们被阿术与刘整拦住，一番厮杀，损失惨重，所幸还是冲了出来。

两岸火光冲天，亮若白昼。

至勾林滩，龙尾洲已遥遥在望。一眼看去，有军船旗帜纷披。张贵以为，接应的船只来了，于是急忙命人举火示意，并加速向前靠近。

张贵赌输了，等在龙尾洲的不是自己人。两天前，范文虎“以风水惊疑”，退兵30里。而元军得到情报，抢先占领龙尾洲，以逸待劳。

给元军送情报的，正是那名消失的亲兵。他在史书上没有留下任何其他信息，甚至连名字也没有，却毁掉了一个原本很有希望的计划，和一支战斗力极强的部队——这是吕文焕眼中最后一根救命稻草。从此以后，南宋再也没能组织起有效的救援。

张贵被俘后拒不投降，被杀。阿朮命人把张贵的尸体运至襄阳城下，城中气丧。

吕文焕：降还是不降？这是一个问题

在浓重的绝望之中，襄阳和樊城迎来了1273年。虽然春天正在来临，死亡的气息却笼罩在每个人心头。

城里的积储越来越少了。襄阳城里不缺钱，他们需要的是盐米柴薪和布帛，但前后七次补给，他们只收到了三次。

襄阳的告急文书此前到达过临安，但没有什么用。贾似道一边屡次向皇帝申请北上襄阳，一边指使他人上表劝阻。他依然热衷于演戏。

李庭芝在做最后的努力。他获得朝廷的许可，打算用重金和高位诱惑刘整重新为南宋效力。这个天真的计划刚开始实施就被元人识破而夭折了，而事实也证明，刘整是不可能回心转意的。

到了故事的尾声，吕文焕成了惟一的主角。而在整个襄樊之战的过程中，他又是最为复杂的一个人。

他有忧患意识。阻止兄长吕文德开设榷场就是证明。

他作战勇猛。坚守孤城，让不可一世的元军在襄樊停滞六年之久，有几人能做到？

他有谋略。元军围城之初，他设浮桥于汉江之上，使襄阳和樊城互为呼应，避免了两城被迅速攻破的命运。此外，他至少六次率兵出城，主动邀战，虽然作用并不大，但对元军毕竟是一种干扰，对城中百姓也是一种鼓舞。

他有气节。吕文德死后，元朝不断劝其投降，他不为所动；刘整亲自到城下游说，被他一箭射中，差点丢了性命。

但他又颇有私心。樊城陷落之后，朝中群臣曾一致举荐高达去救援襄阳，因为高达曾任襄阳知府八年，十分熟悉襄樊防务。但吕文焕不愿意，因为高达一向与吕氏有隙。为了阻止高达到来，他不惜向贾似道学习：抓了几个元军哨兵，谎称大捷，以此表明自己有能力守住襄阳。讽刺的是，他这是多此一举，因为贾似道早已阻止了高达的襄阳之行。

最后，吕文焕投降了。

1273年1月，元军使用新式武器“回回炮”（一种巨型投石机）轻松攻破

不读霍光传，炫会桃李门。湖山变朝市，烽火满乾坤。胆落冰天骑，魂飞瘴雨村。春风吹秀麦，误国竟何言。
——林景熙：「葛岭」

樊城，然后疯狂屠城。守将张汉英、范天顺、牛富等人全部战死或自杀。

屠城，是对此前五年樊城顽强抵抗的报复，也是对吕文焕的警告：若不投降，襄阳将遭遇同样的命运。事实上，刘整已经打算这么做了，吕文焕射出的那一箭让他怀恨在心。但另一位元帅阿里海牙阻止了刘整，因为元朝皇帝忽必烈是主张招降吕文焕的。

可是"回回炮"还是击中了襄阳谯楼。这是最后的警告。声如雷震，城中汹汹，一些将领翻墙出城投降了。

2月的一天，阿里海牙来到襄阳城下，带来了忽必烈的招降文书："你据守孤城，于今已经五年。为国效力，理所应当。然而如今襄阳势穷援绝，数万生灵该何去何从？如果归顺我大元朝，可保这些人生命无虞，而你吕文焕也将得到重用。"

摆在面前的路只剩两条：降还是不降？其实它可以直接换算成那个哈姆雷特式的疑问：生还是死？这是个问题，但不应该是吕文焕一个人的问题。襄樊之战前前后后牵涉了南宋的无数高官和将领，这个原本该由国家来回答的问题，最终却要由吕文焕一人来作出抉择。这是一个两难的抉择，选任何一个都代价高昂——誓死抵抗，那么结局就只有死，而且还要搭上全城数万条生命；投降，他就要背上叛臣的骂名，万劫不复。

吕文焕犹豫不决，阿里海牙则折箭盟誓：元朝皇帝承诺的一切，必不食言。

吕文焕选择了降。他献出襄阳城的钥匙，任元朝的铁骑蜂拥入城。

那一刻，他在想什么？无人知道。

明人田汝成在《西湖游览志余》中提及，1275年的时候，南宋谢太皇太后下诏（宋度宗赵孟启于1274年卒，其子孝恭帝赵显嗣位，年仅四岁，谢太皇太后临朝执政），祈望吕文焕等降将能够念及旧情，为宋元两方协调，息战通好。在给谢太皇太后的回书中，吕文焕详细描述了自己投降元朝的心路历程："报国尽忠，自揣初心之无愧，居危守难，岂知末路之多艰？……至若襄城之计，最为淮甸之危，……南向高筑，盖已扼吾咽喉；樊城剪屠，又已去吾羽翼。……凶焰如斯，先声荐至，仰天而哭，伏地而哀，……因念张巡之死，无救于前；尚效李陵之生，冀图于后。……"

降元两年之后，已经身居高位的吕文焕依然在为自己的投降辩护，声泪俱下，痛彻肺腑。这段记载虽不见于正史，但我觉得它却是吕文焕内心的真实写照。当然，他多少美化了自己，将自己比作西汉投降匈奴的李陵。

与此同时，他又在为元朝的伐宋大业不遗余力地做着贡献。

又过了一年，1276年，谢太皇太后奉传国玉玺，上表乞降，并命文天祥为右丞相，前往元军营中与元左丞相伯颜谈判。在那里，文天祥见到了吕文焕，并怒斥其为乱臣贼子："父子兄弟，受国厚恩，不能以死报国，乃合族为逆，尚何言！"吕文焕面有愧色。

文天祥是南宋末期最著名的爱国将领，一曲《过零丁洋》，气节贯云天。他的确有资格痛骂吕文焕。可是，若时光可倒流，一切重新来过，让他处在1273年春天吕文焕的位置，他又该如何抉择？

襄樊之战结束后六年，1279年，宋亡，立国320年。

在这六年间，元军攻势如摧枯拉朽，而大批南宋将士则纷纷投降，其中就包括范文虎、夏贵、高达等人。元帝忽必烈曾把这些降将召集在一起，问他们为什么要归顺元朝。这些人回答说："贾似道专权，优待文臣，轻慢武将。臣等胸中积怨已久，所以望风归顺。"忽必烈说："贾似道轻慢你们，是贾似道一人之过，可你们的皇帝有什么亏待你们呢？若事情真如你们所说，那贾似道轻视你们也是应该的。"

忽必烈认为这些降将自身都有问题，他们对于南宋的灭亡都负有责任。此言可谓犀利，但他只说对了一部分。

严格世袭的皇权体系，意味着必定有许多庸才坐到皇帝的宝座上，比如赵孟启；庸才缺乏辨别贤愚的眼光，更无治理国家的能力，当然要依赖亲信之臣，贾似道之类依靠裙带关系攀上高位之权臣的出现，实属必然；权臣又要维持自己的权势，而且处心积虑阻碍有才华的人上位，于是派系之争出现，阿谀奉承的小人被提拔，心有不满者遭排挤，范文虎是前者，刘整是后者；及至强敌来犯，当为国效力之时，各方利益的纠葛也趋于高潮，于是名将李庭芝遭遇掣肘，与贾似道素来不和的高达被摁在了后方；至于那位给元军报信的无名小卒，也是这“九连环”中的一分子，大环境在逼迫所有人；最终，吕文焕被逼上了绝路。

襄樊之战是解读南宋灭亡的一个典型事件，两座城和几个人的命运变迁，折射出一个没落王朝的深重矛盾和无数个体的复杂心态。

杭州西湖与葛岭

拾 宁远之战

宁远古城西门

北京南城广渠门内，一方小小的墓园隐身在林立的高楼大厦之间，显得冷清而又怪异。

这里埋葬着一个名叫袁崇焕的人，他出生于1584年，死于1630年。

袁崇焕短暂一生所贯穿的47个年头，正值中国古代最后一个汉族王朝明朝的末季。那是一个大厦将倾、呼唤英雄的时代，他从遥远的福建来到帝国的首都，登上了一生事业的巅峰。但这个时代送给他的不仅有权势、荣誉和施展抱负的大舞台，还有不可预测的种种危险。

最后，他死在了这里。

明人张岱在《石匮书后集》中如此描述袁崇焕之死："遂于镇抚司绑发西市，寸寸脔割之。割肉一块，京师百姓，从刽子手争取生啖之。刽子乱扑，百姓以钱争买其肉，顷刻立尽。开膛出其肠胃，百姓群起抢之。得其一节者，和烧酒生啮，血流齿颊间，犹唾地骂不已。拾得其骨者，以刀斧碎磔之，骨肉俱尽。止剩一首，传视九边。"

袁崇焕死于"磔"刑，一种将肢体分裂的残酷刑罚。明思宗朱由检（年号崇祯）之所以对袁崇焕施以如此酷刑，理由列了一大堆，但核心罪名只有一个：通敌。敌即后金，明帝国晚期最危险的敌人。在朱由检看来，正是袁崇焕的阴谋，导致后金军队长驱直入，直抵北京城下，差点把自己提前变成亡国之君。

袁崇焕果真通敌卖国么？几百年来，此一问题争议不断，围绕着对袁崇焕的评价，形成截然相反的两个集团。一方认为他死得冤枉，另一方则说其万死不赦。直至今日，网络上各色人等依然为此争吵不已，甚至不惜大骂出口。

纷纷扰攘之下，要想解开其中疑惑，须从山海关外的一座小城宁远说起。

进京与出关

袁崇焕能和宁远联系在一起，多少要拜莫测命运的安排。因为他原本在福建邵武（今福建省邵武市）任知县，芝麻大的官，而且离京师万里之遥，似乎根本没有机会和辽东抗后金前线的宁远发生关系。

命运的转折发生在1622年，即明熹宗朱由校（年号天启）登基的第二年，袁崇焕到北京接受朝廷的政绩考核。他的成绩不错，而且大概还对当时紧张万分的辽东战局提出了不少建议，因此受到御史侯恂的青睐，遂奏请皇帝破格擢升袁崇焕为兵部职方主事。侯恂即明代著名才子侯方域之父，东林党人。

1622年前后，明朝发生了两件影响深远的大事。

第一件事：宦官魏忠贤得势。1620年10月底，朱由校即位仅仅一个月，就把魏忠贤从一个无足轻重的职位提拔至司礼监秉笔太监。司礼监系明太祖朱元璋时所设，其职权原本不过是掌管宫廷礼仪，但经过多年的发展，至17世纪初，它的权力已经得到巨大提升，堪比宰相。魏忠贤这一番凌空跳跃，使他在此后近八年的岁月中权势熏天，深刻影响了明朝的政治形势。袁崇焕当然也无可避免地要受到这一影响的冲击。

第二件事：明朝军队在辽东遭遇到了后金军队的第三次重创。第一次重创是在1619年的“萨尔浒之战”，后金以少胜多，斩杀明军将卒四万多人，并攻陷了开原和铁岭，明朝举国震惊；第二次是在1621年，后金军队在是年5月先后攻陷了明朝的战略城市沈阳和辽阳，将辽河以东的土地从明军手中尽数夺走；第三次则是在1622年春天，辽东巡抚王化贞不顾辽东经略熊廷弼的竭力劝阻，贸然出击迎战后金，结果惨败于广宁（今辽宁北镇）。广宁失陷，王化贞仓惶南奔，熊廷弼手无兵权，只好以剩下的军队护送关外难民撤入山海关。

作为天启朝（1621～1627年）最优秀的军事统帅，熊廷弼采取的基本战略方针是以守为主，绝不轻易出兵，避免与擅长野战的后金军队发生大规模战斗。应该说，在明军当时的情况下，这是最明智的策略。但在反对者的诋毁之下，熊廷弼手无兵权，难得大用，最后成为第三次溃败的牺牲品，他被捕入狱，并在三年后的1625年被杀，“传首九边”。而王化贞虽然也被关进了监狱，却神奇地一直活到了1632年，原因是许多高官接受了他的贿赂，纷纷为他说话，其中应该有魏忠贤。

熊廷弼和魏忠贤，作为天启朝两股势力的代表，将在此后的岁月中以不同的方式影响到袁崇焕的命运。但在1622年之初，袁崇焕无从预料这一切。那时，他38岁，正值人生壮年，恰巧又被破格提升，春风得意，踌躇满志，满怀着对皇帝的感恩之情，时刻准备着为国家献出生命。

就在广宁失陷的消息传来不久，袁崇焕忽然神秘地消失了，这让他的同事和家人惊讶不已。数日之后，当他风尘仆仆回到京城，大家才知道原来他单人匹马赶赴山海关，去察看关内外形势去了。这次单独行动，遭到袁崇焕日后的同僚王在晋的奚落："其去不奉旨，不辞朝，鲁莽如此，可用当关否？"王在晋之所以如此批评袁崇焕，不仅因为袁崇焕的行为不合体统，更因为他一还朝就口出狂言："予我军马钱谷，我一人足守此！"

这一句话，将袁崇焕性格中张扬和自负的一面表现得淋漓尽致。但必须承认，一个刚从偏僻外省调来的位卑言轻的小官，要想在公卿满街走的京师受到关注，张扬的确是一个可行的办法——他随即再获提拔，被擢升为山东按察司佥事、山海监军。从此以后，袁崇焕的命运开始与抗击后金的战事紧密联系在一起。

出发前往山海关之前，袁崇焕曾经拜谒过熊廷弼，那时熊廷弼尚未入狱，处于罢职听勘的状态。熊廷弼问袁崇焕："操何策以往？"袁崇焕答曰："主守而后战。"熊廷弼感到十分欣慰。这次会面，二人相谈甚欢，袁崇焕倍感鼓舞，在一首题为《边中送别》的诗中，他抒发了自己的满腔豪情：

五载离家别路悠，送君寒浸宝刀头。
欲知肺腑同生死，何用安危问去留？
策杖只因图雪耻，横戈原不为封侯。
故园亲侣如相问，愧我边尘尚未收。

1622年的春天，山海关外风沙扑面，袁崇焕的脚步逐渐接近了一片蛮荒的宁远。

宁远何以必守？

熊廷弼被革职以后，辽东经略换成了王在晋。尽管很多年以后，王在晋在自己所写的《三朝辽事实录》中对袁崇焕多有恶评，但在1622年，他却对这个雄心勃勃的下属十分看重，不久就提请擢升袁崇焕为宁前兵备佥事。

黄河奔流去，喧腾万马声。源从天上落，性本地中行。独处真须激，清来自太平。济川吾有愿，击楫动深情。
——袁崇焕：「黄河」

出乎王在晋意料的是，袁崇焕似乎并不买他的帐，在一些问题上常常与自己作对。其中双方矛盾最大的一件事，就是主守何处。王在晋认为明军在关外已不能有所作为，因此力主据守山海关。而且为了增加山海关的可靠性，他又奏请在关外八里之处加筑一座重城。按照王在晋的计划，这项浩大的工程需要花费白银一百万两。

这是一个庞大的数字，而整个天启朝的大多时候，明帝国的经济状况都不如人意。从外部环境来说，美洲大陆白银出口急速下降，已经严重阻滞了明朝的经济发展；而国内更是一团糟，各地频发的战乱以及官僚机构日益严重的腐败，早已把经济和社会拖入了混乱的泥沼。在这种情况下，王在晋的筑城计划理所当然地遭到了广泛质疑。

但袁崇焕之所以反对这个计划，另有其他考虑。当时，宁远之北有十三山（今辽宁锦县东）难民约十余万被后金围困，随时都有生命危险。袁崇焕认为，“将五千人驻宁远，以壮十三山势，别遣骁将救之。宁远去山（即山海关）二百里，便则进据锦州，否则退守宁远，奈何委十万人置度外？”在袁崇焕看来，驻守宁远，至少有三个好处：救援十三山难民，伺机进占锦州，当然最重要的是避免山海关直接面对后金的冲击。

宁远，即今辽宁省兴城市，辽宁南部一个著名的海滨旅游胜地。从地图上看，兴城依山傍海，是连接东北与华北地区的交通要塞。在交通不发达的明代，后金大军要想从沈阳直扑北京，兴城乃必经之途。当然，他们也可以绕道西行，横穿辽宁西北，进入内蒙境内，再从内蒙折向西南，进逼北京，只不过这是一条遥远而曲折的道路，而且辽西和内蒙草原上的蒙古诸部落也未必会放他们过去。因此，袁崇焕力主守宁远，可谓颇具战略眼光。

但眼光归眼光，在处事的方法上，袁崇焕并非没有问题。他见自己反对无效，遂直接将意见报告给了当朝首辅叶向高。此事一经传出，袁崇焕与王在晋的矛盾遂致不可收拾。此后，大学士孙承宗自请出边考察，否决了王在晋的计划，并奏请皇帝，免去王在晋辽东经略的职务。孙承宗综合各方意见，加之亲历考察，决定采纳袁崇焕等人的建议，力守宁远。

今日到兴城旅行的人，一定会登上宁远古城，俯瞰城中风景。从规模而言，这座城并不大，即便绕城一周，需时也不过四五十分钟，但它却是国内目前保存最完整的几座古城之一，四面城墙、瓮城以及城中心的鼓楼都基本完好；城墙上，经年风雨侵蚀后留下的痕迹和偶尔随风摇摆的荒草提示游人，在茫茫渤海之滨，古城已经度过了久远的岁月。

但袁崇焕初抵此地，所见到的宁远却是一番凄凉景象。据兴城县志记载，“兴城”之名虽然早在辽代就已出现，但“宁远”的命名却已迟至1428年（明宣德三年），当时总兵巫凯和都御史包怀德上书请求在此地设“卫”，皇帝赐名曰“宁远”。这个宁远卫城呈正方形，有四门，周长七里八步（约合3513米），不过一个方寸之地。17世纪20年代初，由于地震等自然灾害以及后金军队的不断南侵，宁远卫城坍塌荒败，实际上已徒有虚名。

1623年秋天，当孙承宗获得皇帝的赞许，以辽东经略的身份开始积极经营宁远防线时，袁崇焕随即得到了重用。孙承宗很喜欢袁崇焕，一则是袁崇焕在安抚军民、整饬边备方面功绩显著，再则是袁崇焕表现出了一往无前的勇气和必胜的信心。

修筑宁远的计划提上了日程。起初，孙承宗将筑城的任务交给了祖大寿。祖大寿是宁远本地人，系明晚期一员名将。但他不相信朝廷真的会坚守宁远，所以执行不力，不过对付而已。及至袁崇焕抵宁远，宁远才仅仅修筑了不到十分之一，而且疏薄不合规范。袁崇焕立即制定了新的筑城规制：“高三丈二尺，雉高六尺，址广三丈，上二丈四尺。”在袁崇焕严格的要求和监督之下，越明年，宁远筑成，遂成关外重镇。

应该说，无论孙承宗还是袁崇焕，在此时都算是幸运的，因为后金在击破王化贞之后，将近四年的时光，一直没有大规模南下。宁远的威慑自然是其中一个原因，而更大的原因是后金食物短缺、后方时有内乱，以及明将毛文龙从东边朝鲜边境偶尔发起的袭扰。

孙承宗和他的部下充分利用这几年难得的好时光，广召辽人返回故土，垦荒屯田，在废墟上重建家园；同时鼓励工商，充实民力，储积军备，硬生生将宁远打造成了关外蛮荒的一方乐土。当宁远巩固之后，明军的防线再次向北推进200余里，至1625年夏天，锦州、松山、杏山、右屯及大小凌河全部收回到明军管辖之内，各城也渐次修复完善。至此，以宁远为中心的宁锦防线基本形成。

正当一切蒸蒸日上之时，变故再次发生。1625年秋天，由于魏忠贤的诋毁，孙承宗去职。这是一个酝酿已久的阴谋——魏忠贤在1624年2月被任命为东厂提督之后，即开始疯狂打击他在朝中的敌人，其核心目标即是“东林党人”。1625年，大批正直朝臣被残酷迫害至死，坚定的东林党支持者孙承宗自然也在打击之列，他没有丢掉性命已算幸运之至。

大恐怖之下，东北前线顿时陷入混乱。1625年底，受魏忠贤支持的兵部尚书高第成为辽东经略，此人一上任，即搬出与此前王在晋一样的观点，认为关外必不可守，下令尽撤锦州、右屯诸城守具，将士全部退回关内。这个愚蠢的决策令袁崇焕目瞪口呆，他数次力争不要退兵，不料反倒惹恼了高第，他下令将宁远驻军一并撤回。袁崇焕慨然曰：“我宁前道也，官此，当死此，我必不去。”

大撤退无可挽回地实施了。《明史》记载，撤兵之日，明军“委弃米粟十余万，而死亡载途，哭声震野，民怨而军益不振”。锦州、右屯、大小凌河及松山、杏山、塔山尽撤一空，只有宁远一城孤零零矗立在前线。孙承宗和袁崇焕苦心经营四年的宁锦防线，没有被敌军摧毁，却被自家人一朝破坏。

宁远，从一方乐土荒诞地化为一座孤城。袁崇焕孤注一掷的坚持，使得即将到来的宁远保卫战，在某种意义上，变成了他一个人的战争。

那两日的惨烈

虽然袁崇焕违令不撤，但朝廷并没有怪罪于他。而且此后他几次上书请求去职还乡，都未获允许。1625年底，袁崇焕升任按察使，仍主事宁前。

这一年的最后两个月，袁崇焕感到前所未有的苦闷。9月的时候，他素来敬重的前辈熊廷弼被杀，令他顿生兔死狐悲之感。在一首题为《哭熊经略》的诗中，袁崇焕写道：

记得相逢一笑迎，亲承指授夜谈兵。
才兼文武无余子，功到雄奇即罪名。
慷慨裂眦须欲动，模糊热血面如生。
背人痛极为私祭，洒泪深宵苦失声。

他从熊廷弼因功获罪的荒诞遭际中，隐约感受到无常命运的捉弄，而一句“功到雄奇即罪名”可谓道尽官场凄凉。事实上，他咏诗抒怀，似乎早已从熊廷弼身上看到了自己的影子。

袁崇焕立雄奇之功的机会很快到来了。

1626年春，后金可汗努尔哈赤见明军主动撤退，知道新任辽东经略不足为虑，遂在天寒地冻之时，率大军西越辽河，于阴历正月二十三日兵抵宁远。

此番南下，努尔哈赤几乎动用了全部精锐部队，号称三十万。他以为，仅仅报上这个数字，就足以把袁崇焕吓得投降。努尔哈赤这么想并不为过，因为此前他曾经以三万之众击溃明朝的十余万大军，而那还是在七八年之前。如今八旗军久经沙场之后，纪律性、作战经验和战斗力比之当初都有巨大提升，因此他料定取宁远必如探囊，不费吹灰之力。

然而袁崇焕不这么认为，他对自己苦心经营的宁远信心十足。因此，当后金的劝降书送至眼前，袁崇焕不无轻蔑地回道：“你号称大军30万，实际不过13万吧。我修治宁远，决意坚守，岂有投降之说？”

城外的后金军到底有多少，说法不一，但至少也有五六万人，而宁远城中的明军不过万余人，而且没有援军——本来应该有的，但辽东经略高第坐拥山海关，拒不发兵往救。在这种情况下，袁崇焕还要坚意死守，所倚仗的只有两项：将士的勇气、信心以及城墙上的11门红衣大炮。

火炮在明朝早已广泛使用，但多为从国外引进的弗朗机炮——明代称西班牙、葡萄牙人为弗朗机人，他们制造的大炮也因此得了个奇怪的名字。红衣大炮从技术和威力上比弗朗机炮厉害得多，也是当时明朝所能拥有的最先进的火炮。这种炮最大的优势就是射程远，据说轻松就可打到六七里之外；而且红衣大炮比较容易调节射角，火力覆盖面很宽，基本不会留下死角。当年袁崇焕重定规制修筑宁远城时，就已经考虑到红衣大炮的

兴城海滨，距觉华岛不过数里

使用，因此城墙的四个角各设一个巨大的方形敌台，凸出于城外，以方便随时调节大炮的发射角度。

宁远城中，袁崇焕最看重的部下有大将满桂、副将左辅、朱梅、参将祖大寿以及守备何可纲等人。大战之前，袁崇焕召集全体将士，刺血为书，激以忠义，并为之下拜，于是将士一心，咸请效死。

军心既定，袁崇焕下令尽焚城外居舍，所有居民入城；令同知程维楧查察城内可疑之人，清除奸细；通判金启倧按城四隅，负责编派民夫，供给饮食；又派人把守城内各巷口，有人违令乱行动即斩之；而城上之人私自下城者，也即格杀勿论。各城门守将早已分派妥当：满桂提督全城，同时负责把守东南角；左辅守西，祖大寿守南，朱梅守北。

后金军抵达宁远后第二天，劝降无效的努尔哈赤发起了大规模进攻，首攻方向是防守相对较弱的西南角。

后金军长于野战，但数年磨练之后，已然熟练掌握了攻城技术，其关键是利用楯车。这是一种大型木车，车前挡以数寸厚的木板，木板上裹多层牛皮，坚硬结实，一般的炮火根本奈何不了它，更休提弓箭之类的冷兵器。当这种怪物一般的巨型楯车顶住首轮炮击之后，即迅速推进到城下；跟在楯车之后的壮汉以楯车为掩护，挥动巨斧凿城；城若凿破，接下来的事情就简单了——风驰电掣的后金骑兵将蜂拥而上。努尔哈赤凭借这种攻城术，已拿下明朝数座坚城，他料想一个小小宁远定然不在话下。

他没有料到，寻常大炮之外，宁远城中多了11门红衣大炮。

努尔哈赤按照既定的策略准备攻城时，袁崇焕正在军中与几个幕僚闲谈，若无其事。座中恰好有一位朝鲜翻译官韩瑗，详细记录下了当日情形——闲话间，有人来报信，说贼兵出动了，于是袁崇焕乘轿来到敌楼，并将韩瑗一并带至；四周一片寂静，韩瑗惊讶地发现，眼前这位总指挥非但面无忧色，而且颇有雅致地与自己谈论起了诗文；这时，城外传来了一声炮响，韩瑗觉得声动天地，自己惊得连头都抬不起来，袁崇焕却轻描淡写地笑道："贼至矣。"

红衣大炮开始猛烈发射，至处遍地开花，尽皆糜烂。

当炮弹击中楯车时，楯车立时破碎。没有被击中的，艰难抵达城下，斧手开始凿城。巨石从天而降，砸在楯车上，楯车坚固无恙。但随后落下的，却是浸了油的枯草、棉花，火苗汹涌，包围了楯车。再往后，褥子和被单落了下来，里面裹着成堆的火药。这是通判金启倧发明的临时武器，火药点火即爆，火焰飞腾，所及之处，无不糜烂。金启倧不知道自己的新发明具有如此威力，做实验时不小心，结果丢了性命。

楯车一个接一个被火焰吞没，但城墙还是被凿出了几个大窟窿，幸而天寒地冻，没有坍塌。

袁崇焕把城中所剩一万多两白银全部搬到城墙上，勇者即赏。

所有大炮同时开火，城外土石飞扬。火光中，后金士卒马匹腾空而起，旋即跌落。

攻城从上午持续到午夜，城外尸体成堆。努尔哈赤无奈，下令撤退。

第二天，几乎同样的场景再次上演。唯一不同的是，明军的大炮击伤了敌军的一个大头目，后金士兵以红布裹之，大哭，抬走。

韩瑗说，被抬走的这个人，就是努尔哈赤。

八年未有之胜利

那个人到底是不是努尔哈赤，至今仍有争议，但从后金士兵的反应来看，是他的可能性极高。六个月之后，努尔哈赤在沈阳离世，年68岁。他很可能死于宁远之伤。韩瑗说，努尔哈赤本已重伤，又收到袁崇焕的信，恨怒在心，懑恚而毙。

袁崇焕的信中是这样写的："老将横行天下久矣，今日见败于小子，岂其数耶！"他显然是在刻意刺激努尔哈赤，不仅送去了信，还备了礼物。

宁远惨战两日，后金伤亡很严重。明朝方面的资料说，敌人死了一万七千人；《清太祖实录》中，这个数字被锐减为五百人。《清太祖实录》还说，"上（即努尔哈赤）自二十五岁起兵以来，征讨诸处，战无不捷，攻无不克，惟宁远一城不下，不怿而归"。

努尔哈赤很生气。当他无奈地将部队撤出明军火炮的打击圈，愤怒地诘问自己的部下：你们不是说这座城很容易攻下吗？

盛怒之下的努尔哈赤把目光投向了宁远城南的觉华岛。

觉华岛距宁远古城约15里，现名菊花岛，是一个旅游区。从海滨乘游船至岛上，大约需要几十分钟。夏天的时候，我曾站在游人如织的兴城海滨，远远眺望那孤零零如一片叶子的小岛。菊花岛实际上并不是特别小，其面积约13.5平方公里，属渤海湾第二大岛屿。据历史记载，觉华岛早在唐代即已开发，成为北方的一个港口。但在明代，它的作用主要体现在军事上。

司马遗忠尚有祠，重来客泪洒荒碑。长城借得先生在，肯致中原苦乱离。
——张家玉：「谒大司马袁自如先生遗祠」

宁远古城中心的鼓楼

当年孙承宗亲历关外考察地形，就已经与袁崇焕等人达成一致意见，在修筑宁远城的同时，积极经营觉华岛，使之与宁远城互为犄角。岛上既囤积粮草，也驻扎舟师，以防后金沿海路南下。

当努尔哈赤打算拿觉华岛泄愤之时，岛上约有明军水师七千人、商民七千余人、粮料八万石、船两千余艘。岛上守军事先已经料到后金可能来袭，因此在宁远炮火隆隆之时，已经沿岛开凿了一道长达15里的冰壕，希望以此阻挡后金铁骑。然而此时北方盛寒，冰壕凿开不久，即再次冻合。岛上将士“日夜穿冰，兵皆堕指”。

阴历正月二十六日清晨，努尔哈赤将大军分成两部分，大部分骑兵直扑觉华岛，少量兵力继续攻打宁远城，以牵制城中守军，阻其呼应岛上。城中连续激战两日，将卒早已疲惫不堪，而破损城墙又亟待修补，根本无法派兵支援觉华岛，袁崇焕只能眼睁睁看着后金铁骑向觉华岛而去。

后金骑兵从觉华岛北面打开了突破口。岛上明军多系水手，又经几日凿冰之苦，寡不敌众，全军尽没，平民7000余人也几无幸免。屠杀之后，后金纵火焚烧粮仓，浓烟蔽岛，火光冲天，明军在关外的重要后勤基地顿成废墟。

后金撤军，临走时，留下话来：“待四月草青之时，再去攻城。”

宁远保卫战的胜利，为袁崇焕赢得了巨大的声誉，因为此前朝中所有官员都一致认定他守不住宁远。他守住了，为自己争得了主动权。皇帝给他升了职，辽东巡抚。经略高第等人，按兵山海关，拒不救援，获罪。

铺天盖地的赞誉向袁崇焕涌来。山西道御史高弘图在奏疏中说：“宁远被围，举国汹汹，一重门限，岂是金汤？自袁崇焕有死地求生，必死无生之气，则莫不翕然壮之……然后知从前无不可守之城池，而但无肯守之人与夫必守之心。今崇焕称必守矣，况且出奇挫锐，建前此所未有，则又莫不翕然贤之。”

也有人提出，觉华岛之屠几乎抵消了宁远之捷，所以此役虽胜实败。但正如蓟辽总督王之臣所说，倘若宁远不保，后金必将长驱直抵山海关，觉华孤岛焉能幸存？况且，岛上诸将卒皆力战而死，比之此前望风而逃之辈，又长了一段志气。

胜利是毋庸置疑的，而胜利所带来的影响比胜利本身要大得多。对此持论最为贴切者，当属兵部尚书王永光：“辽左发难，各城望风奔溃。八年来贼始一挫，乃知中国有人矣。盖缘道臣袁崇焕，平日之恩威有以慑之维之也。不然，何宁远独无夺门之叛民，内应之奸细乎？”

士气和信心，比什么都重要。

然而袁崇焕的信心时时经受着考验和冲击。1626年，魏忠贤领导的阉党再兴大狱，前御史黄尊素、吏部员外郎周顺昌、苏松巡抚周启元、左都御史高攀龙、左谕德缪昌期、御史周宗建、御史李应昇等，被魏忠贤诬以贪赃受贿之罪，全部下狱拷死。“东林党人”再遭毁灭性打击。

也是在这一年，苏杭织造太监李实步浙江巡抚潘汝帧的后尘，给魏忠贤造了一座生祠。祠堂本是祭祀已逝祖先或先贤的宗庙，而魏忠贤尚且活得好好的，就有人为其建祠堂，可见其势力之一斑。明熹宗朱由校不仅不反对（也可能是不敢反对），还为其题额曰“普德”。

国内立即掀起了给魏忠贤立生祠、歌功颂德的高潮，成为明晚期一道恶劣风景。远在边关的袁崇焕也加入了这一行列，他和蓟辽总督阎鸣泰一起上书皇帝，请求在宁前为魏忠贤立祠。皇帝赐名曰“懋德”。

袁崇焕此举当然是违心的，但他没有办法。事实上，宁远之战结束后一个月，袁崇焕就曾向皇帝上书，直言反对太监出镇军中。袁崇焕认为，军中战守之总兵已经够多了，如今又来了六个太监，而太监又有随行，军法不能约束，有害无利。皇帝说，内臣出镇清查，实属万不得已，况且这几个人都是精挑细选出来的，秋毫无扰，所以不必多虑。

朱由校反复叮嘱袁崇焕，魏忠贤赤心为国，守法奉公，他的手下一定也是如此。

梦绕高堂最可哀，牵衣曾瞩早归来。母年已老家何有，国法难容子不才。负米当时原可乐，读书今日反为灾。思亲想及黄泉见，泪血纷纷洒不开。

——袁崇焕：「忆母」

袁崇焕无奈，忍气吞声，为痛恨之人立生祠，希望以此避免阉党掣肘。他必须抓紧时间筹备边防，以防后金来犯。

草青之时，后金没来。

草又黄时，努尔哈赤死了，他的儿子皇太极即位。

袁崇焕派使者前往沈阳吊唁，以探努尔哈赤之死是否属实。也就是在这段时间，袁崇焕开始与皇太极议和。按照《明史》的记载，议和之话题是后金提出的，他们意欲攻打朝鲜，故而求和，以阻止袁崇焕趁机出兵。

袁崇焕似乎也想利用这个时机，整修边防，恢复失地。他在给皇帝上书时说，锦州、中左、大凌三城亟待修复，可以和为计，趁后金忙于东事，抓紧修城；等到后金知道真相时，三城已经完工；即便他们再起战火，也不过烧至关外四百里的锦州，宁远无忧，山海关无虑。

梁启超先生认为，以和为守，以守为战，正是袁崇焕对付后金的核心策略。

三城尚未全部竣工，袁崇焕收到了皇太极的书信：你明说议和，却暗修城堡，是何道理？

1627年5月，后金解决了朝鲜问题，再次进攻宁远。

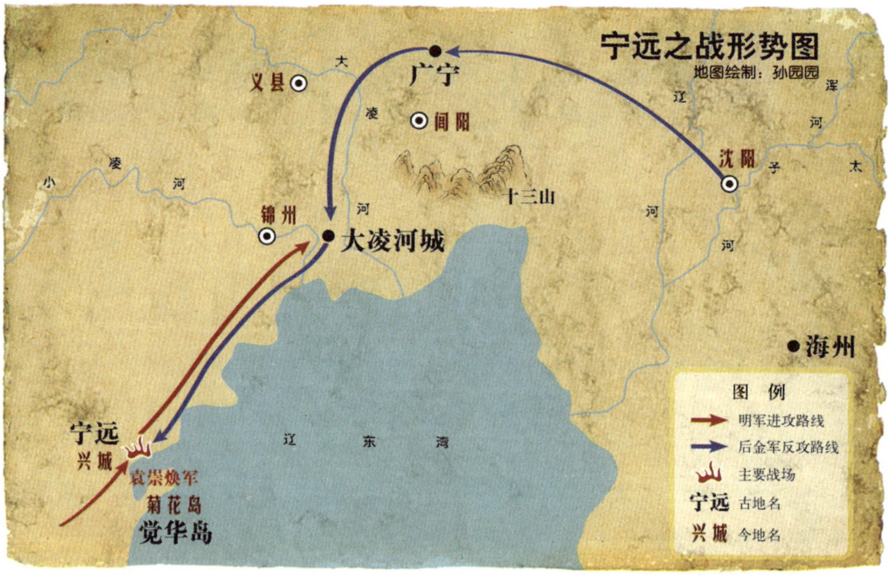

上将由来无善死

像他的父亲一样，皇太极抱着必胜之心前来，却带着失败离开。

后金先围锦州，不下；后攻宁远，又不下。袁崇焕坐镇宁远全盘指挥，满桂与赵率教奋勇护城，遂保两城不溃，时称“宁锦大捷”。

这次胜利没有给袁崇焕带来好运。像宁远大捷一样，宁锦大捷的功劳又多数算到了太监的头上。在给督饷御史刘徽奏章的批复中，皇帝说，宁锦之捷系魏忠贤殚心筹划、委任得人之效。

但魏忠贤并不满意，在其授意下，一堆人开始大肆攻击袁崇焕，指责他不救锦州。事实上，袁崇焕并非没有援救锦州，他只是认为宁远之兵不可妄动，但此时他的辩解已不起任何作用。7月，袁崇焕免官，回乡。

在家乡，袁崇焕过了一段寄情山水的生活，会友，吟诗，募修庙宇。在他人生的最后几年，这样的轻松闲适并不多。

1627年9月，年仅21岁的天启皇帝朱由校驾崩了，他17岁的弟弟朱由检接替了皇位，年号定为崇祯。本该举国悲痛的时刻，朝中的许多大臣却长出了一口气，他们觉得新皇帝登基也许会带来新气象，改变目前乱作一团的朝政。

朱由检没让他们失望。上任两个月，他就削去了魏忠贤的职位，并命令他离开京师。12月中旬，这个臭名昭著的太监自杀身亡，他的亲属和党羽遭到了残酷的清洗。

第二年夏天，在多数廷臣的强烈要求之下，袁崇焕重新回到北京，恢复了他在东北地区最高军事长官的职位，以兵部尚书兼右副都御史，督师蓟辽，兼督登莱、天津军务，而且被赐以尚方宝剑。

这是袁崇焕一生事业的顶点，再往后，他开始在不知不觉中向下走，一直走到不可能再向下之处。这个下降的过程不长，总共不过两年时间。

两年中，袁崇焕身上发生了三件值得反思的事，它们全都争议巨大。

第一件，是他向新皇帝许诺“五年复辽”。袁崇焕似乎被浩荡皇恩感动得过头了，未加思索，便脱口给出了一个让皇帝十分高兴的期限。事后，他的同僚问及五年平辽的策略，他说，皇上圣心焦劳，所以安慰他一下。从1622年到1628年，六个年头过去了，他性格中自负和情绪化的一面还是没有改过来。

第二件，是他杀了皮岛（今朝鲜椴岛）总兵毛文龙。毛文龙率领一支两万余人的军队，长期孤悬辽东海外，基本没打过什么胜仗，而且私通后

谁云乱世识忠臣，山海长城寄一身。不杀文龙宁即祸，空嗟银鹿亦成神。遗闻玉貌如佳女，亡国天心胜醉人。万古大明一抔土，春风下马独沾巾。

——赵文庵：「吊督师诗」

金，虚领军饷（谎称有兵十余万），杀降人谎报战功，几年来游离于明朝管辖之外，确有死罪。但袁崇焕杀掉毛文龙，还是有些冒失，即便他有尚方宝剑。因为许多大臣认为毛文龙可以起到牵制后金的作用——这些大臣中，有一部分被指为阉党遗孽，据说他们曾收受毛文龙的巨额贿赂。

《明史》记载说，朱由检得到袁崇焕杀毛文龙的消息，大惊，但念及毛文龙已死，自己还要倚赖袁崇焕，所以下旨表扬袁崇焕，以安其心。

但毛文龙的支持者却在京师散布消息，说袁崇焕之所以要杀毛文龙，是为了与后金讲和，以化解自己“五年复辽”的承诺危机，而后金开出的条件就是杀掉毛文龙。

1629年夏天时，北京城中的舆论已经对袁崇焕十分不利。

第三件事，是由后金可汗皇太极发起的。1629年10月，皇太极避开宁锦防线的袁崇焕，率大军绕道内蒙古，费尽周折，从喜峰口越过长城，陷遵化，又陷通州，直逼北京城下。事实上，袁崇焕此前早已数次提醒朝廷注意防范这条路线，但始终没有得到重视。而且后金所破隘口，系蓟辽总督刘策所辖，所以，当袁崇焕得到京师告急的消息，率5000骑兵从间道风驰电掣驰援北京之时，他觉得自己最起码是无罪的。

他不知道，死亡的阴影已向自己袭来。

在广渠门外，袁崇焕打了一生中最后一次胜仗，他击败了皇太极。但这场胜利不能挽回他的命运——北京城中早已流言遍布，市井小民说后金突至，乃袁崇焕纵敌；朝臣则说袁崇焕是引敌长驱，逼迫皇帝接受和局。

恰在此时，两个被后金抓获的太监逃归，带回了更确凿的证据——他们亲耳听到了后金士兵的对话：袁崇焕与皇太极有密约。实际上，这是皇太极设下的反间计。

这一年，阴历十二月一日，袁崇焕下狱。

“上将由来无善死”，就像袁崇焕在诗中所写的那样，他最终走上了和熊廷弼一样的命运终局。

八个月之后，1630年秋天，袁崇焕以通敌卖国之罪，被磔于市。

《明史》上说：“初，崇焕妄杀文龙，至是帝误杀崇焕。自崇焕死，边事益无人，明亡征决。”

如今的宁远城头，依然处处飘扬着写有“袁”字的旗帜。

宁远岁月是袁崇焕一生中最辉煌的篇章，他在这里先后击败了后金两位传奇人物。努尔哈赤与皇太极，父子二人，都止步宁远，饮恨而归。

事实上，直到1644年朱由检在万寿山自缢身亡，后金也没能突破宁远，进兵山海关。

这弹丸小城由此成了一个传奇，它的象征就是袁崇焕。

走在遍布岁月痕迹的城墙上，我常常忍不住浮想联翩：倘若明朝多几个袁崇焕，或者，袁崇焕没有被磔死，历史又该呈现出怎样的面貌？

梁启超先生在《袁督师传》中说："若夫以一身之言动、进退、生死，关系国家之安危、民族之隆替者，于古未始有之。有之，则袁督师其人也。"

这是一个高不可攀的评价。

晨光中的老人与狗

跋

在无险可冒的时代“走读历史”

2008年底踏上行程之际，我并没有意识到，这会是一系列“冒险”的开始。

这么说当然有些做作，因为我们活在一个传统意义上无险可冒的时代。山水的棱角早已被抹平，康庄大道通向每一个角落，郦道元和徐霞客们经行之处都变成了景点，被旅行社细致入微地编织进收费不一的线路图中……

我所说的冒险，在于对历史地点的确认。十场大战，距今最远的已有近五千年，最近者也有几百年，其中所涉及之地点，大多数都有争议，如何确认何处才是真正的历史现场？没有捷径，只好把争议中的地点尽数列入行程，一路走，一路看，试图寻找到最为可靠的地点。最后我无奈地发现，即便到了现场，即便参阅了古往今来无数人的考证，依然不能获得确凿无疑的答案。

因为，“被篡改”不是文字独享的特权，地点同样享受到了如此待遇。

这其中原因众多。以中国之大，历史之久远，政权更迭之繁复，地名变迁之多端，客观上已经造成了辨认的困难，何况还有本地人的附会，他们恨不得全部历史都在自己老家发生。古人如此，今人更甚，为了把家乡打造成文化胜地，政府和地方学者们不知附会甚或改造了多少历史事件与地点，以期把某人某事争取为本乡特产。伏羲、女娲、黄帝、炎帝，他们争；大乔、小乔，他们争；西门庆，据说他们还是争。

于是，我见到了两个涿鹿、三个赤壁、三个垓下、两个马陵……还有记不清数目的崭新庙宇、崭新墓碑甚至崭新的古墓。它们真真假假、虚虚实实，遍布于行程中，令我觉得恍惚。

但还是应该感谢这一切，因为无论如何，它们都是历史的一种反映：一棵树、一条古道、一条河、一个名称古老的村落、一段逻辑混乱的传说，不管真实还是附会，它们背后，必然都与某段历史有着某种形式的联系。这些联系，正是历史意味深长之处。

一年多时光，独自走过十多个省的几十个城市和上百个村镇、很多山与河流，也遇到许多人和许多事，最终，我得到了这十几万字和几千张图片，并美其名曰“走读历史”。古人说，“读万卷书，行万里路”，其中貌似隐含着更为高尚或实际的人生目标。而我所谓的“走读”，却没有这些令人振奋的想法，只不过把它当做无数次充满热情的旅行，在收罗文字和图像的过程中，顺便悼念一下少年时“仗剑天涯”的梦想。对我而言，这或许就是所谓“走读历史”的意义所在吧。

当然，“走读”也是向无数前人学习和致敬的过程，他们积攒和传承至今的知识汪洋，是我取用不竭的源泉。此外更应提及小蓓和许晖的鼓励与支持、摄影师郑云峰先生和向阳大哥的无私帮助以及我以前的同事晶晶和园园，她们精心绘制的地图为本书增色不少……还有一路所遇的朋友和陌生人……

感谢你们给我上路的勇气和信心。

图书在版编目(CIP)数据

古来征战地/立山著. —北京:商务印书馆,2010
ISBN 978-7-100-07247-2

Ⅰ.①古… Ⅱ.①立… Ⅲ.①随笔—作品集—中国—当代 Ⅳ.I267.1

中国版本图书馆CIP数据核字(2010)第113434号

GǓ LÁI ZHĒNG ZHÀN DÌ
古来征战地
立山 著

商务印书馆出版
(北京王府井大街36号 邮政编码100710)
商务印书馆发行
北京瑞古冠中印刷厂印刷
ISBN 978-7-100-07247-2

2010年9月第1版　　开本880×1240 1/16
2010年9月北京第1次印刷　　印张13¼
定价:29.80元